어느 건방진 캥거루에 관한 고찰

마크 우베 클링 지음 | 채민정 옮김 | 안병현 그림

WILLCOMPANY

만약 네 친구가 캥거루라면 네 이웃은 기린일지도 모른다.

아니, 펭귄이었나? 뭐였더라?

젠장, 이 속담 헷갈린다니까.

– 오스카 와일드 –

지금까지 일어난 일 :

없음.

Contents

캥거루의 침략

딩동. 벨이 울렸다. 나는 현관문을 열었다. 내 눈앞에 캥거루 한 마리가 서 있다. 나는 눈을 깜박이며 뒤를 보고, 계단 아래를 보고, 계단 위를 본 다음 다시 앞을 보았다. 여전히 캥거루 한 마리가 서 있다.

"하이!" 캥거루가 인사했다.

나는 눈으로만 왼쪽, 오른쪽, 내 손목시계의 시간을 본 다음 다시 캥거루를 바라보았다.

"아, 네." 나도 인사했다.

"옆집에 새로 이사 왔는데요, 계란 케이크를 구우려고 장을 봐 왔는데 계란을 깜박 잊어서…."

나는 고개를 끄덕이고 부엌으로 가서 계란 두 개를 꺼내 캥거루에게 건네주었다.

"땡스!" 캥거루는 주머니에 계란을 챙겨 넣으며 말했다.

나는 고개를 끄덕였고, 캥거루는 자기 집으로 들어갔다. 나는 손가락으로 코끝을 몇 번 두드린 다음에 문을 닫았다.

잠시 후 다시 벨이 울렸다. 나는 허겁지겁 문을 열었다.

"앗!" 캥거루가 놀란 듯 말했다. "겁나게 빠르시구먼. 근데…, 다시 가서 보니까 소금도 없…"

나는 고개를 끄덕이고 소금을 가져와 캥거루에게 건네주었다.

"땡스! 혹시 우유랑 밀가루도 좀…?"

나는 고개를 끄덕이고 부엌으로 갔다. 캥거루는 주머니에 소금, 우유, 밀가루를 챙겨 넣고는 사라졌다. 2분 후 다시 벨이 울렸다. 나는 문을 열었고, 잠시 후에 캥거루는 프라이팬과 식용유를 주머니에 넣었다.

"땡스!" 캥거루가 말했다. "아 참! 혹시 거품기나 믹서 있…?"

나는 고개를 끄덕이고 부엌으로 갔다.

"반죽할 큰 그릇은 있는지 모르겠네?" 캥거루가 소리치는 게 들렸다.

10분 후 다시 벨이 울렸다.

"가스레인지가…." 캥거루가 중얼거리듯 말했다.

나는 고개를 끄덕이고 캥거루가 지나가도록 비켜주었다.

"들어가자마자 거기 오른쪽에…." 내가 말했다.

캥거루는 부엌으로 들어갔고, 나도 캥거루 뒤를 따라 들어갔다. 캥거루의 요리는 엉망진창이었다. 결국 내가 프라이팬을 넘겨받았다.

"혹시 계란 케이크에 넣을 재료는 있으신지…?" 캥거루가 물었다. "야채도 좋고 다진 고기면 더 좋고!"

"다진 고기는 사 와야 하는데…." 내가 말했다.

"댓츠 오케이!" 캥거루가 말했다. "시간도 충분히 있고, 밀가루 반죽도 숙성되고 겸사겸사!"

나는 집 열쇠를 챙겨 들고 밖으로 나갔다.

"리들[1]은 노노!" 내 뒤에 대고 캥거루가 소리쳤다. "거기 근로 조건 완전…."

그래서 나는 정육점에 가서 다진 고기를 샀다. 집에 오는 길에 아래층에 사는 늙은 부인을 만났다.

"총각, 새로 이사 온 놈 봤어?" 늙은 부인이 물었다.

나는 고개를 끄덕였다.

"흥! 외국인이지?" 늙은 부인이 코 밑에 난 히틀러 수염을 긁으며 날카롭게 물었다. 당연히 수염은 아닐 것이다. 솜털인 것 같다. 히틀러 솜털이랄까.

"빌어먹을 터키 새끼들이 이제 이 건물 하나 다 해 먹겠어."[2]

나는 다시 한 번 자세히 들여다보았다. 흠. 역시 수염인 것 같다.

"아까부터 뭘 그리 실실대?" 늙은 부인이 물었다.

"호주에서 온 거로 알고 있는데요." 내가 대답했다.

"호주 무슬림 새끼야? 이젠 아주 국제적으로 지랄들을 떠네!"

---

1 Lidl. 독일 마트 체인. (옮긴이)
2 독일에는 터키인의 비중이 높음. (옮긴이)

작은 예술가

똑. 똑. 누가 문을 두드렸다. 이 시간에 누구지? 나는 의아해하며 문을 열었다.

"아, 앞집." 내가 말했다.

"하이!" 캥거루가 인사했다. "좀 들어가도?"

"네."

캥거루가 껑충 뛰어 들어왔다.

"너바나 좋아하시는지?" 캥거루는 이렇게 물으며 안락의자에 거의 눕듯이 앉았다.

"밴드?" 나는 소파에 앉으며 물었다.

"밴드 말고 뭐가 또 있남? 보아하니 쓸데없이 물어보는 거 좋아하시는구먼!"

"좋아합니다."

"너바나? 아님 물어보는 거?" 캥거루가 물었다.

"둘 다요." 나는 대답했다. "혼자 고민하지 말고 다섯 번이라도 물어보라는 속담도 있습니다. 그거 제 좌우명이에요. 아무튼 처음으로 돈 주고 산 음반이 바로 커트였죠."

"커트 코베인?" 캥거루가 물었다.

"아니요, '돌격! 커트'라고, 뭐 그런 게 있어요."

"아."

"지금도 가끔, 첫 음반이 〈네버마인드〉였다면 얼마나 좋았을까 그래요."

"아! 나한테 우연히 이런 게." 캥거루가 배주머니를 뒤적이더니 파란색 재킷의 〈네버마인드〉 앨범을 꺼냈다. "좀 틀어 봐도? 집에 아직 오디오가 없어서…"

나는 고개를 끄덕이며 손가락으로 오디오를 가리켰다.

Here we are now - entertain us…

"혹시 무슨 일을 하시는지 여쭤봐도?" 캥거루가 물었다.

"네?"

"낮에도 거의 집에 계시고, 기분 나쁘게 할 생각은 없지만…, 오후 한 시에 아직도 잠옷을…"

"아, 저는 말하자면, 그러니까, 예술갑니다." 나는 대답했다. "밤에 일해요."

"아! 밤일…?" 캥거루가 말했다.

"그런 밤일 아닙니다."

"아, 그렇군."

"글 쓰고 노래 만들어요. 작은 무대에서 공연도 하고…"

"아! 작은 예술가![1]" 캥거루가 소리쳤다.

나는 움찔하며 몸을 떨었다.

"〈나는 작은 예술가가 싫어〉라는 노래 아시나?" 캥거루가 물었다.

"네." 나는 대꾸했다. "싫어합니다."

"그렇군."

"댁은?" 내가 물었다. "직업이?"

"공산주의자라고나 할까!" 캥거루가 대꾸했다.

"아."

"뭐 불만이라도?"

"아뇨, 전혀."

캥거루가 더 물어봐 주길 바라는 부담스러운 눈빛으로 쏘아댔다.

"트로츠키 뭐 그런 거?" 내가 물었다.

"호찌민 뭐 그런 거." 캥거루가 바로 대꾸했다.

캥거루가 식탁 위의 작은 상자를 가리켰다.

"이건 뭐…?"

"위스키 초콜릿인데…" 내가 대답했다.

"먹어봐도?"

---

1 여기에서 '작은 예술가'는 카바레티스트를 의미한다. 카바레트(Kabarett)란 독일의 민중 소극으로, '예술가를 위한 예술'로도 불린다. 정치, 경제, 문화, 교육 등 인간의 삶 전반에 대한 비판적 유머를 펼친다. 작가인 마크 우베 클링도 카바레트 공연자인 카바레티스트이다. (옮긴이)

"네. 어차피 저는 안 좋아합니다."

캥거루는 주둥이에 곧바로 두 개를 던져 넣었다.

"어메이징!" 캥거루가 소리쳤다. "한번 드셔 봐!"

"안 좋아한다고 했는데, 제 말 안 들으셨나?"

"안 들었는데?" 캥거루가 말했다. "제가 안 듣는 거 모르시나?"

"네. 그래서 물어보는 겁니다." 나는 말했다. "속담도 있습니다. 혼자 고민하지 말고 다섯 번이라도 물어보라고. 아까 제 말 안 들으셨나?"

"안 들었는데?" 캥거루가 말했다. "제가 안 듣는 거 모르시나?"

"네. 그래서 물어보는 겁니다." 나는 말했다. "속담도 있습니다. 혼자 고민하지 말고 다섯 번이라도 물어보라고. 아까 제 말 안 들으셨나?"

"안 들었는데?" 캥거루가 말했다. "제가 안 듣는 거 모르시나?"

"여기까지만. 이거 완전 무한루프." 내가 말했다.

"네, 네." 캥거루가 대꾸했다.

캥거루가 위스키 초콜릿 한 개를 더 주둥이에 던져 넣었다.

"작은 예술가라…," 캥거루가 짧게 웃었다. "우리 지금 여기 있네~ 우리 좀 웃겨봐!"

"그런 거 좋아하시는지?" 내가 물었다.

"지금 이런 거?"

"네."

"우리 말 놓을까?" 캥거루가 물었다.

"그럴까." 내가 대답했다.

"우리 완전 잘 맞을 것 같은 예감이 드는데!" 캥거루가 감탄하며 말했다.

인스턴트 수프와 전체주의

캥거루가 밥을 먹으러 오라고 초대했다. 아침 9시에 말이다. 어쩌면 우리 집 냉장고를 약탈했던 게 미안했을지도 모른다. 모범적인 사회주의 공동체를 만들고 싶었는지도.

9시 5분, 캥거루는 이미 밥을 먹고 있었다.

"느렸잖아." 캥거루가 입안 가득 음식을 넣고 말했다.

캥거루가 초대하던 날, 나는 생선 요리만 빼고 다 먹을 수 있다고 말했었다.

식탁 위에는 생선 스틱이 줄지어 있었다.

"나 생선 못 먹어." 내가 말했다.

"괜찮아, 먹어 봐." 캥거루가 말했다. "생선 아니야."

"뭐?" 내가 물었다.

"닭이야." 캥거루가 대꾸했다. "생선버거도, 돈가스도, 쇠고기 스튜도 다 닭이야."

"다 닭이야?" 내가 물었다.

"응. 치킨 너깃만 빼고." 캥거루가 말했다.

"치킨 너깃만 빼고?"

아, 등신같이 계속 캥거루 말만 따라 하고 있다.

"치킨 너깃은 튀긴 두부야." 캥거루가 말했다.

"튀긴 두부야?" 젠장.

"그러니 이제 앉아서 자네의 닭고기를 먹게, 청년!" 캥거루가 말했다.

"근데 너 오늘 누구 찍었어?" 나는 식탁에 앉으며 물었다. 지금 선거가 한창이었다.

"투표 안 해." 캥거루가 말했다.

"아, 너는 투표 못 하지?" 내가 물었다.

"할 수 있어도 안 해." 캥거루가 대답했다.

"할 수 있어도 안 해?" 내가 물었다.

"흥! 투표로 뭔가를 선택할 수 있다 생각하시나?" 캥거루가 물었다. "선거라는 건 결국 민주주의적 망상이고 민주정치라는 이름의 신기루야. 간단히 말해서 민주주의는 곧 투표용지라고 바보들을 속여먹는 거지. 공식적으로."

"투표용지?" 내가 물었다.

"예를 들자면 마트에 가서 마기(Maggi)나 크노르(Knorr) 사의 인스턴트 수프를 샀다 쳐. 근데 이게 알고 보면 다 네슬레 자회사거든. 마기나 크노르라는 선택지가 있는 것 같지만 착각일 뿐이야. 결론은 다 네슬레고, 다 닭이야. 암튼 난 인스턴트 수프 안 먹으니까 상관엄씨롱."

"상관엄씨롱?" 내가 물었다. "그게 뭐야?"

"너 좀 모자라냐?" 캥거루가 소리 질렀다. "계속 그렇게 내 말만 따라 할래? 암튼 이건 인스턴트 수프 전체주의야. 언론과 매체가 우릴 세뇌하는 거야. 인스턴트 수프는 이것밖에 없다! 더 많이 사 먹어라! 인스턴트 수프는 이게 다야! 아, 정말 끔찍해!"

"바로 이런 걸 끔찍하다고 하는 거야." 나는 튀김옷이 너덜거리는 생선 스틱을 집어 올렸다.

"뭘 이런 걸 갖고 그래." 캥거루가 뻔뻔스럽게 말했다. "내가 베트콩에 몸담고 있었을 땐 이런 걸 매일 먹었다고. 그땐 이런 튀김옷도 없었어."

나는 의아한 눈으로 캥거루를 바라보았다.

"튀김옷 안에 닭도 없었고." 캥거루가 덧붙였다.

"베트콩?" 내가 물었다.

"그랬더랬지…" 하며 캥거루는 말줄임표 안에 많은 의문의 여지를 남겨둔 채 입을 닫았다. 캥거루는 항상 많이 떠들지만 나중에 보면 무슨 말을 했는지 알 수가 없다.

나는 포크로 생선 스틱만 뒤적거렸다.

"내 음식이 불만이면 다음번엔 네가 하던지?" 캥거루가 말했다.

"다음번?" 나는 한숨을 쉬며 말했다. "앞으로 너한테 음식은 안 맡기는 게 좋겠어."

이 말을 하는 도중에 나는, 캥거루의 얼굴에 스치는 미소를 보았다. 순간 왠지모를 불길한 예감이 들었다.

1분에 69센트

"개인 정보 도용이 판을 치는 시대에 아직도 내 개인 정보가 안 들어간 데가 있다니 믿어지지가 않는군." 나와 캥거루는 안과에서 받은 공짜 라식 수술 경품 추첨권 뒷면에 주소를 적어 넣는 중이었다. 나는 내 주소를 적다가 말했다. "근데 이런 식으로 내가 직접 내 정보를 뿌린 것 같은 느낌이 드는 건 왜일까."

"그래, 그래." 캥거루는 성의 없이 대답하며 자신의 전화번호 옆에 괄호를 치고 이렇게 써넣었다. "1분에 69센트."

"그게 뭐야?"

"나 전화번호 바꿨어." 캥거루가 말했다. "얼마 전에 어떤 보험 상담원이랑 삼십 분 동안 통화했는데, 고갱님의 일분일초는 너~무 소중하니까 미리미리 노후대비를 해야 한다는 거야. 근데 생각해 보니 완전 맞는 거야. 그런 전화나 받고 앉아 있기엔 일분일초가 너무 아까운 거지."

"그래서 수신자부담으로?" 내가 물었다.

"응!"

"그럼 이제 너한테 대출 상담원이나 보험 판매원이나 '안녕하세요, 고갱님'이 전화를 걸면 네 노후가 보장되는 거라고?"

"전화 함 해봐." 캥거루가 말했다.

"미치지 않고서야." 나는 웃으며 말했다. "요즘 완전 비싸잖아."

"그러지 말고 함 해봐. 뭐 보여주려고 그래!"

"너랑 통화하는 조건으로 내 돈 털어가는 거?"

"아냐! 좀 다른 거야. 맹세해! 전화 함 해봐."

뚜-뚜-삐-. "잠시만 기다려 주십시오." 삐-.

"뭐 나오고 있어?" 캥거루가 물었다.

"응." 내가 대답했다. "이글스의 〈Wasted Time〉. 음원이 미디네. 하긴 이거 원곡이 더 끔찍하긴 해. 이거 보여주려고?"

"아냐. 좀 더 기다려 봐."

삐-. "먼저 걸려온 전화가 끝나는 대로 바로 연결하겠습니다." 삐-.

"봤어?" 캥거루가 시계를 보며 말했다. "나 지금 너랑 말 한마디도 안 하고 3유로 벌었어."

"야! 내 돈 내놔!" 내 말과 동시에 캥거루의 휴대폰이 울렸다.

"네, 여보세요?" 캥거루가 전화를 받았다. "여론 조사요? 5분요? 헤헤헤! 5시간도 괜찮아요!" 그러고는 문을 나섰다.

"야! 내 3유로 내놔!" 내가 소리쳤다.

"항의하고 싶으면," 캥거루의 목소리가 들렸다. "전화해!"

타인이 밥 먹는 소리

지난번에 안과에서 받은 공짜 라식 수술 경품 추첨권에 당첨 됐다. 경품은 블라인드 레스토랑 식사권 두 장이었다. 레스토랑 에 들어가니, 웨이터가 암흑 속을 더듬거리며 캥거루와 나를 안내했다.

우리는 일단 앉았다.

"아무도 보는 사람 없으니까 편하고 좋네!" 캥거루가 말했다.

"그러시겠지." 내가 말했다.

그리고 침묵이 이어졌다.

"너 아직 있는 거지?" 캥거루가 앞발로 내 얼굴을 더듬으면서 물었다.

"이게 진짜!" 나는 투덜거렸다. "함 똑같이 해줘?"

나는 어둠 속에서 손을 휘둘렀다.

"아악! 눈을 찌르다니!" 캥거루가 비명을 질렀다. "아아! 눈이 아파! 눈이 안 보여!"

"나도 안 보여!" 내가 말했다. "보이는 게 이상하지!"

잠시 후 캥거루가 자신의 주머니를 뒤지는 소리가 들리더니 갑자기 내 눈에 폭발하는 것 같은 광선이 쏟아졌다.

"으아아아악!" 나는 비명을 질렀다. "눈이 안 보여!"

웨이터가 달려와서 캥거루가 내 눈에 비추고 있던 초강력 손전등을 뺏었다.

"더 이상 아무것도 보이지 않아!" 나는 절규했다.

"나도 안 보여!" 캥거루가 말했다.

잠시 후 음식이 나왔다. 내가 포크와 나이프를 찾으려고 더듬고 있을 때, 캥거루는 우걱우걱 음식을 씹고 있었다.

"음식이 좀 뻣뻣한 것 같아." 캥거루가 우물거리며 말했다.

"그건 아마도, 네가 지금 먹고 있는 게 테이블 장식이라서 그럴 거야." 내가 말했다.

"푸엑!" 캥거루가 음식 뱉어내는 소리가 들렸다. "어쩐지 뻣뻣하더라. 근데 보이지도 않는데 웬 장식? 어이가 없네. 아예 메뉴판도 붙여놓지그래!"

나는 포크로 음식을 찍어서 냄새를 맡아 보았다.

"네 음식은 어때?" 캥거루가 물었다.

"잘 모르겠어." 내가 대꾸했다. "먹어 볼래?"

"흐음." 캥거루가 말했다. "약간 미끌미끌하고 촉촉하네. 샐러드인가?"

"야!" 내가 소리 질렀다. "너 지금 내 음식에 발을 댄 거야?"

"아…, 아냐. 아냐." 캥거루가 말했다.

우리는 묵묵히 음식을 먹었다. 고요와 어둠 속에서 쩝쩝거리며 밥 먹는 소리만 들렸다.

"타인이 밥 먹는 소리." 나는 중얼거렸다. "예술영화 제목 같지 않냐?"

"만약에 네가 한 가지를 포기해야 한다면 말이야," 내 말은 들은 척도 없이 캥거루가 물었다. "말하기, 듣기, 보기 중에 어떤 걸 포기할래?"

"간단하네." 내가 말했다. "듣는 거."

"왜?"

"그럼 더는 네 헛소리를 안 들어도 되잖아."

"아 그래?" 캥거루가 말했다. "난 기꺼이 보는 걸 포기할래. 그럼 네 구린 상판을 더는 안 봐도 되니까."

"내 생각엔, 네가 기꺼이 말을 포기해 주면 내가 듣는 걸 포기하지 않아도 될 것 같은데."

"내 생각엔, 네가 기꺼이 보는 걸 포기해 주면 내가… 그러니까… 아니지! 네가 다 포기해!"

"내가 왜?" 내가 말했다. "난 아무것도 포기 안 할 건데?"

"넌 포기해야 해!" 캥거루가 외치면서 내 목소리가 들리는 방향으로 펀치를 날렸다.

"절대 포기 안 해!" 나도 외치면서 암흑 속으로 거칠게 주먹을 날렸다. 솔직히 말해서 내가 때린 게 캥거루인지 아직도 잘 모르겠다.

잠시 후, 레스토랑 전체가 아수라장이 되었다. 아마 누군가 볼 수만 있었다면, 모리아 광산의 오크 전투[1] 이래로 가장 끔찍한 장면을 목격했으리라. 우리는 혼란을 틈타 그곳을 빠져나왔다.

밖으로 나오자마자 캥거루는 바닥에 무릎을 꿇고 입을 맞추며 소리 질렀다. "보인다, 보여!"

나는 한숨을 쉬며 말했다. "들린다, 들려."

1 영화 〈반지의 제왕〉의 전투 장면. (옮긴이)

어.느.것.을.고.를.까.요.

"그거 네 자전거 아니잖아." 내가 캥거루에게 말했다.

"왜 그렇게 생각하는데?" 캥거루가 물었다.

"네가 방금 앞주머니에서 초강력 절단기를 꺼냈으니까." 내가 대답했다.

"자전거 열쇠를 잃어버려서 그래." 캥거루가 빤히 쳐다보며 말했다.

"아, 그러셔?" 내가 말했다.

"응! 단지…" 캥거루가 말을 이으며 자전거 거치대를 탐색했다. "어떤 게 내 건지 모르겠어…."

캥거루가 절단기로 자전거 뒷바퀴를 가볍게 두드리며 흥얼거렸다.

"어.느.것.을.고.를.까.요…."

(이 장의 나머지 부분은 변호사의 충고에 따라 삭제했다.)

게임의 룰

"아! 역시 자본주의는 엿 같아!" 캥거루는 이렇게 외치며 모노폴리 말판을 뒤엎었다.

"네가 졌으니까 그렇게 생각하는 거지." 나는 엎어진 것들을 주섬주섬 제자리로 돌려놓으며 말했다.

"아냐. 내가 옳아. 세상 사람들 99%가 내 말에 동의할걸." 캥거루가 말했다.

"또 싸우자고? 지겹지도 않냐? 그 이야기는 이제 끝났잖아." 나는 이렇게 내뱉으며 '세계화의 폐해'에 대한 백한 번째 논쟁을 최대한 피하려고 했다. 캥거루의 태도로 보아서는 싸움을 시작할 셈인지 아닌지 분간하기가 어려웠다.

"우리 엄마 왈," 나는 입을 열었다. "사람은 역경에 처해 봐야 그 됨됨이를 알 수 있댔어."

"푸하!" 캥거루가 말했다. "울 아빠 왈, 착한 루저보다 더러운 승자가 낫댔어."

게임 현장은 그럭저럭 복구되었다. 도시 전체에 약간의 피해가 있었지만, 늘 약간의 손해는 감수해야 하는 법이다.

"자, 다시 달려 보자구." 내가 말했다.

"하지만 난 돈 안 낼 거야. 거지 같은 기차역에 발 하나 들였다고 돈 낸다는 게 말이 돼?"

"맘대로 해."

"지금부터는 이렇게 하는 거야." 캥거루가 말했다. "기차역은 돈 안 받기. 대중교통 시설은 공공의 이익을 위해 존재하는 거야."

"그러지 뭐." 역 4개가 다 내 거였지만, 솔직히 게임 때문에 캥거루와 싸우기도 지쳤다. 지난번 전쟁 게임을 했을 때는 정말 제대로 대판 했었다. 캥거루가 비폭력 저항을 선언해 버렸기 때문이다.

나는 주사위를 던졌다. 그리고 열쇠 카드로 내 주식에 7퍼센트의 배당금을 받았다.

"가진 자가 더 갖는 더러운 세상!" 캥거루가 교활한 늙은이처럼 속삭이며 주사위를 던졌고, 내 소유의 검은 색 라인에서 멈췄다.

"어디 보자…." 나는 중얼거렸다. "로마에는 호텔이 3개. 2만 8천 마르크 되겠습니다."

"가만있어 봐!" 캥거루가 말했다. "저 노숙자예요. 로마의 노숙자!"

그러면서 되려, 내가 방금 받은 주식 배당금에서 5백 마르크를 뜯어갔다. "주식 배당금 세금 내야지?"

"야! 세율 20퍼센트밖에 안 하잖아!" 나는 항의했다.

"시대가 바뀌었어." 캥거루가 대꾸했다. "고소득자 세율을 올리는 법안이 통과됐거든."

그러고는 5백 마르크 지폐를 둘로 죽 찢어 뒷장에 "민영화 반대-대통령은 사임하라!"를 휘갈겨 써서는 기차역에 세웠다.

"그게 뭐야?" 내가 물었다.

"민중의 깃발이야!" 캥거루가 외쳤다. "연노연(연대 노조 연맹) 만세!"

나는 고개를 흔들며 한숨을 내쉬었다. "난 줄임말이 싫어…."

"자, 이제 어쩔래, 응?" 캥거루가 비아냥거렸다. "경찰 부르고 싶냐? 신고하든지."

나는 침묵했다.

"그놈의 돈, 돈, 돈!" 캥거루가 소리쳤다. "돈이 그렇게 좋아? 옜다!" 그러고는 씨앗은행에서 지폐를 한 움큼 쥐더니 내 머리 위로 뿌렸다.

"넌 지금 게임의 룰을 벗어난 거야." 내가 말했다.

"룰? 애당초 룰이 뭔데?" 캥거루가 물었다.

"세상은 룰 없이 굴러가지 않아." 내가 말했다.

"그 룰이라는 것도 결국 누군가가 만들어낸 거라고." 캥거루가 말했다. "그리고 나도 방금 새로운 룰을 만든 거고."

나는 캥거루의 말을 들어서 무인도에 가뒀다.

"그럼 그렇지!" 캥거루가 소리쳤다. "이제야 본색을 드러내는 군! 권력에 순응하지 않는 자 탄압받으리!"

"알았어, 알았다고." 내가 말했다. "그럼 넌 대체 어떻게 하고 싶은 건데?"

"싹 다 갈아엎을 거야!" 캥거루가 말했다. "일단 숙박료부터 없애. 무인도는 개나 줘 버려! 황금 열쇠 카드에서도 무인도 카드 없애는 거 잊지 말고. 참, 황금 열쇠 카드에서 병원 치료비 카드도 없애. 의료보험 민영화는 안 될 말이지!"

"'미인 대회에서 2등을 했습니다.' 이 카드는 어쩔 건데?" 내가 물었다.

"그건 냅둬. 무슨 대회에서 우승했는지 증거 서류로 써야 하니까!"

"수도세는?" 내가 물었다.

"당연히 없애야지. 전기세도 없애!"

"그럼, 이제 우리가 얻을 수 있는 유일한 소득원은 복권 당첨밖에 없는 거네?" 내가 말했다.

"맞아!"

캥거루가 주사위를 던졌다. 다섯 칸 전진했다. 내가 던졌다. 더블이었다.

"더블도 공평하지 않은 것 같아!" 캥거루가 말했다. "이렇게 하자. 우리 둘 다 동시에 주사위를 던져서 각자 나온 숫자만큼 동시에 전진하는 거야."

"알았어." 내가 말했다.

그렇게 우리의 게임은 무승부로 끝났다.

삐용, 삐용, 삐용

누가 문을 노크했다. 노크하는 소리가 꼭 경찰 같았다.

"경찰입니다."

"그럴 것 같았어요." 내가 말했다.

"여기 캥거루 살고 있나요?" 경찰이 물었다.

"아뇨." 나는 반사적으로 대꾸했다.

"잠깐 들어가 봐도 되겠습니까?"

"아뇨."

"캥거루 알죠?"

"아뇨."

"캥거루를 알지도 못하고, 친구도 아니고, 친인척 관계도 아니라고요?"

"네."

내가 반사적으로 대답할 수 있는 이유는, 캥거루가 반사적으로 대답할 수 있도록 나를 훈련시켰기 때문이다. 대답하는 건

쉬웠다. 경찰은 집 안을 훔쳐보고 싶어 목을 길게 뺐다.

"잠깐 들어가 봐도 되겠죠?"

"아뇨."

"이 집에 캥거루 산 적 있죠?"

"아뇨."

"베트콩에 소속된 적 있나요?"

"아뇨."

"이 집 안에 캥거루 숨기고 있는 거 맞죠?"

"아뇨."

"잠깐 들어가 봐도 되겠죠?"

"네, 들어와 보세요!"

"진짜요?"

"아뇨."

"혹시 당신이 캥거루 아니요?"

"저한테 주머니 있나요?"

"잠깐 들어가 봐도 되겠죠?"

나는 한숨을 쉬었다.

"야, 들여보내?" 나는 소리쳐 물었다.

"삐용-삐용-삐용!" 하고 방 안에서 요란한 소리가 나더니 "안 돼!"라는 소리가 들렸다.

"거기 누구요?" 경찰이 물었다.

"캥거룬데요." 내가 대꾸했다.

"장난하지 마시오." 경찰이 말했다.

"옙! 이제 문 닫을게요." 나는 예의 바르게 말했다. "수고하세요!"

"혹시 캥거루 보면 우리한테 연락해 주겠소?" 경찰이 당부했다.

"당연하죠!" 내가 대꾸했다. "아, 이건 저도 들은 건데요, 그 캥거루 호주에서 왔대요!"

나는 문을 닫고는 걸쇠를 걸었다.

"야, 너 대체 뭔 일을 저지른 거야?" 나는 캥거루에게 물었다. 캥거루는 거실 소파에 널브러져 있었다.

"별거 아냐…." 캥거루는 따분하다는 듯 손사래를 쳤다. 나는 더는 묻지 않았다. 알고 싶지도 않았다. 캥거루가 거실 전체를 쓱 둘러봤다.

"야, 너 이 거실 쓰긴 써?" 캥거루가 물었다.

"응? 왜?" 내가 되물었다.

"너 거실 같은 거 필요 없잖아, 안 그래?"

"대체 뭘 말하고 싶은 건데?"

"아무것도 아냐." 캥거루가 말했다. "그냥 물어본 거야!"

바보들의 언어

어느 날, 캥거루가 자기 짐을 몽땅 들고 와 거실에 내려놓으며 이렇게 말했다. "여기 좀 놔도 괜찮지?" 그걸로 끝이었다. 그날부터 그 짐과 함께, 캥거루도 계속 있다.

나는 투덜거리지 않았다. 어차피 안 오는 게 더 이상했으니까.

"이러는 게 냉장고가 더 가까워서 합리적인 것 같아." 캥거루가 덧붙여 말했다. 캥거루는 순식간에 거실 전체를 장악해 버렸다. 거실 한복판에는 샌드백이 걸렸고, 구석에는 그물침대가 놓였다. 그리고 지금, 캥거루는 식탁에 앉아 포크와 나이프로 식탁을 두드리며 노래를 부르고 있다. "밥 줘! 밥 줘! 밥 줘! 밥 줘!"

"야!" 내가 말했다. "네가 밥 달라고 하면 내가 잽싸게 밥해야 하는 거야?"

"응. 안 그럼 때릴 거야!" 캥거루가 말했다.

"잠깐." 내가 말했다. "이건 좀 아니라고 봐."

캥거루가 내 어깨 쪽으로 잽을 날렸다.

"아얏! 너 진짜 이럴래?" 내가 항의했다. "이런 식으로 폭력을 휘두르는 건 옳지 않아!"

"뭐가 옳다 그르다 하는 건…," 캥거루가 말했다. "짜증 나는 부르주아적 이분법이야!"

그러고는 또 한 대 잽을 날렸다.

"아얏! 폭력은 바보들의 언어야!" 내가 소리쳤다.

"아니지." 캥거루는 잠시 깊게 생각하더니 이렇게 말했다. "바보들의 언어는 영어야!"

"뭐?"

"오우 익스큐즈 미! 두 유 스픽 잉글리쉬? 헤브 유 얼레디 휴먼 리소싱에 유얼 회사 주가 폭락해서 너 일자리 아웃소싱 앤 임금 덤핑 된 거 항의했어요? 오우, 바이 더 웨이, 캔 유 플리즈 투 유얼 보스한테 내가 브레인스토밍 회의 때 위 속에 있던 점심 꺼내 놨다고 말해줄래요?"

"네 반미주의의 끝은 어디냐?" 나는 고개를 저으며 한숨을 내쉬었다.

"아직 시작도 안 했어." 캥거루가 대꾸했다. "아주 오오오래 걸릴 걸."

"아무튼 내 생각에, 이건 옳지 않아."

"뭐가 옳다 그르다 하는 부르주아적…."

"알았어, 제발 그만 해."

"이제 빨랑 밥해. 안 그럼 아 윌 바이 더 넥스트 미팅 때 유얼 담당 매니저한테 너 생산능력 최저 등급이라고 리포팅 할 거야!" 캥거루가 말했다. "그리고 리멤버! 밀가루 덩어리 인 반죽 이즈 앱솔루트 노 굿!" 그리고 또 한 대 잽을 날렸다.

"더는 못 참아!" 나는 국자를 집어 들었다.

"아앗!" 캥거루가 소리 질렀다. "폭력은 바보들의 언어라구!"

영화관

"우리 요새 좀 멀어진 것 같아!" 캥거루가 싸늘하게 말했다.

"농담 하냐?" 내가 물었다. "어제도 같이 놀았잖아. 왜 그러는데?"

"영화관 가자." 캥거루가 말했다.

"무슨 영화 볼 건데?"

"할리우드 블록버스터!"

"아서라." 내가 말했다. "화면에 미국 국기 나올 때마다 투덜대잖아. 영화 보는 내내 투덜거릴 거면서."

"안 그럴게. 약속해." 캥거루가 말했다. "맹세할게!"

영화를 보러 집을 나서기 전, 캥거루는 집 앞 쓰레기통에서 쓰레기가 든 봉지만 빼서 손에 들었다.

"뭐 하는 거야?" 내가 물었다.

"아무것도 아냐!" 캥거루가 대꾸했다. "가자!"

십 분 후, 우리는 멀티플렉스 영화관의 티켓 창구에서 젊은 영화관 직원으로부터 티켓을 샀다. 직원은 티켓과 함께 쿠폰 북, 공연 정보, 레스토랑 홍보물과 광고지를 건넸다. 반경 백 킬로미터 이내의 것들이었다. 캥거루는 종이 무더기를 받아들었다.

"아! 정말 감사해요!" 캥거루가 말했다. "쓰레기를 주신 데 대한 감사의 뜻으로 제 쓰레기도 좀 가져왔으니 받으세요." 그러고는 좁은 티켓 창구 구멍 안으로 쓰레기가 든 봉지를 쑤셔 넣었다.

"너 영화 볼 생각은 애초에 없었던 거지?" 내가 물었다. "방금 직원한테 그 말 한마디 하려고 쓰레기 봉지 들고 여기까지…."

"그래서 뭐?" 캥거루가 말허리를 자르며 물었다. "집에 가자. 어차피 쓰레기 영화일 거야. 장면마다 미국 깃발이 휘날릴 테고!"

사단법인 유대 볼셰비즘 협회

"마즐토브![1]" 하고 외치며, 캥거루가 담배를 한 모금 빨고 건넸다.

"뭐라고?" 나도 담배를 한 번 빨고 캥거루에게 건네며 물었다.

"나 유대 볼셰비즘[2] 협회 회원이거든." 캥거루가 연기를 내뿜으며 담배를 건넸다.

"잠깐!" 나는 연기를 한 번 뿜어내고 캥거루에게 건네며 말했다. "조금 전까지는 헤이즐넛 누가크림빵에 대해 얘기하고 있었잖아. 어떻게 갑자기 유대 볼셰비즘으로 건너뛴 거야?"

"그냥 그렇다고 얘기만 하고 넘어갈 생각이었어." 캥거루가 대꾸하며 꽁초를 비벼 껐다.

"알았어." 내가 말했다. "그럼 이제 라우겐 빵에 달콤한 헤이즐넛 크림이 어울리는지의 논쟁에 결론을 내자고."

---

1 Mazel Tov! (축하합니다, 행운을 빕니다!) : 유대인의 축하와 축원의 말. (옮긴이)
2 유대인들이 사회주의로 세계 정복을 꿈꾼다는 음모론. (옮긴이)

"그래야지." 캥거루가 미소 지으며 말했다. "기꺼이."

침묵.

나는 손가락으로 책상을 딱딱 두들기며 기다렸다. 캥거루는 여전히 즐겁게 미소 지으며 눈을 깜박이다 코코아를 한 모금 마시고, 미소 짓고, 눈을 깜박이다 코코아를 한 모금 마셨다.

"알았어, 알았다구!" 나는 소리 질렀다. "너 그러니까 유대 볼셰비즘 협회 회원이라는 거지?"

"맞아." 캥거루가 대답했다.

"그래서, 거기서 대체 뭘 하는 거야? 너랑 네 친구들이랑?"

"그건 말 못해." 캥거루가 말했다. "내가 말할 수 있는 건 단 하나, 우리가 없었다면 지금 우리가 사는 이 세상이 전혀 다른 세상이었으리라는 것뿐이야."

나는 고개를 절레절레 저었다. "들리냐? 내 멘탈이 울부짖는 소리."

"안 들리는데?"

"말할 거면 하고, 말 거면 말던가. 제발 똥 싸다 끊는 것처럼 찜찜하게 만들지 말라고."

"알았어." 캥거루가 말했다. "하지만 내 말을 발설하지 않겠다는 서약을 해야 해."

"그래, 그래." 내가 대꾸했다.

"아니지!" 캥거루가 말했다. "좀 더 형식을 갖춰야겠어. 이 빨간 책 위에 손 올려. 그리고 팝송 세 곡 부르고."

"그리고 내 거시기도 째야 해?"[3] 내가 물었다.

"그건 옵션이야." 캥거루가 대답했다. "이래 봬도 엄격하게 자유주의적인 모임이거든."

나는 혐오감을 감추려고 팔짱을 꼈다.

"왜 안 해?" 캥거루가 물었다.

"뭘?"

"노래 말이야. 불러야지!" 캥거루가 말했다.

"노래를 부른다는 건 내가 그 협회에 가입할 맘이 있을 때 얘기지." 내가 말했다.

"왜 가입할 맘이 없는데?" 캥거루가 물었다.

"왜냐하면 바보 같은 역사의 배후 음모론 따위에는 관심이 없으니까." 내가 말했다.

"왜? 간 위로 쥐라도 지나갔어? 캥거루가 물었다.

"첫째, 아무것도 지나가지 않았고, 둘째, 만에 하나 뭔가 지나갔대도 쥐가 아니라 이가 지나갔을걸."[4]

"왜?" 캥거루가 물었다.

"그냥 속담이 원래 그래. 쥐가 아니라 이 한 마리가 간 위로 지나갔다고 그러는 거야."

"쥐든 이든, 왜 간을 지나가는 거야?" 캥거루가 물었다.

---

3 할례. 유대인의 전통 의식. (옮긴이)
4 '간 위로 이가 지나갔다'는 말은 독일 속담으로, 뭔가 신경을 거슬리게 하는 것을 의미함. (옮긴이)

"알 게 뭐야!" 나는 소리 질렀다. "그냥 바보 같은 속담이라니까! 방금 이 한 마리가 내 간 위로 지나간 것 같다."

"흠. 설명이 부족해." 캥거루가 말했다. "우리는 모든 사물과 현상에 대해 비판적으로 짚고 넘어가야 해."

"그래? 그럼 좋아." 내가 말했다. "'엿이나 드세요!'라는 관용구에 대해서나 고찰해 봐."

"가는 말이 고우면 사람을 얕본다⋯." 캥거루가 말했다.

침묵.

"우리 협회는 굶주림 없는 평등한 삶을 지지하는 운동을 하고 있어. 그리고 대중음악 TV 채널 같은 유해한 문화를 반대해!"

"참 성공 확률 높은 운동을 하고 있네." 내가 말했다.

"만약 우리가 없었다면 이 세상이 어땠을 거 같아?" 캥거루가 말했다. "중세 암흑시대였을 거야."

"다 네 망상이야." 내가 말했다.

"그래?" 캥거루가 자신의 배주머니 속을 뒤지더니, 내 코앞에 회원증 하나를 꺼내 보였다.

"사단법인 유대 볼셰비즘 협회는 굶주림 없는 평등한 삶을 지지하며 대중음악 TV 채널 같은 유해한 문화를 반대합니다." 나는 회원증에 적혀 있는 대로 읽었다.

"무려 사단법인?" 내가 물었다.

"그래서, 가입할 거야?" 캥거루가 물었다.

"아무튼, 협회 같은 거 관심 없어."

"회원증 열어 봐." 캥거루가 말했다.

"회원 번호 1." 나는 적힌 대로 읽었다.

"지금 가입하면 회원 번호 4야." 캥거루가 말했다.

"야! 주머니 동물! 이거 콘플레이크 상자 뒷면에 있는 부록 오려서 만든 거잖아. 그 위에 회원증이라고 적은 거고."

"아니야." 캥거루가 우겼다.

"거짓말 마!" 내가 말했다. "봐! 여기 가위로 오리고 볼펜으로 쓴 자국 다 보이잖아."

"이 회원증에 부록으로 딸렸던 딸기 맛 콘플레이크는 참 맛있었지." 캥거루가 입맛을 다셨다.

"그래서 회원이 누군데?" 내가 물었다. "공산주의의 유령[5]하고, 크러스티[6]?"

"너 잔인하다!" 캥거루가 말했다. "크러스티라니!"

"아무튼 너희 회원끼리 정기적으로 만나서 여행도 가고, 또 거기서 총회 때 거론되는 진지한 주제에 대해 구상도 하고 그래?"

캥거루는 대답하지 않았다. 그리고 조용히 흐느끼기 시작했다. 닭똥 같은 눈물이 뚝뚝 떨어졌다. 눈물을 보이는 게 수치스러웠는지 등을 돌리더니 대성통곡을 시작했다.

---

5 '유령 하나가 유럽에 돌아다니고 있다. 공산주의라는 유령'이라는 유명한 문장으로 시작하는 마르크스와 엥겔스의《공산당 선언》에 등장하는 내용. (옮긴이)
6 〈심슨 가족〉의 광대 캐릭터. (옮긴이)

"야…," 나는 달래 보려고 부드럽게 말했다. "미안해. 상처 줄 의도는 없었어!"

나는 캥거루를 팔로 감싸 안고는 등을 토닥거렸다.

"아니야!" 캥거루가 훌쩍였다. "네 말이 맞아. 우리 협회는 바보 같아."

"아니야, 친구!" 내가 말했다. "죽여주게 쿨한 협회야."

잠시 침묵.

"정말이야." 내가 말했다.

캥거루가 훌쩍거렸다.

"그리고 나 진짜로 그 협회에 들어가고 싶어."

캥거루가 내 품에서 가만히 몸을 일으켰다.

"정말이야?" 캥거루가 물었다.

"당연하지!" 내가 말했다.

캥거루는 여전히 울상이었지만 가만히 미소를 지어 보였다.

"그럼 정식으로 가입 신청을 받아들일게!" 캥거루가 말했다.

캥거루는 자신의 배주머니를 뒤져 빨간색 책을 꺼내 그 위에 내 손을 올려놓으며 말했다.

"자, 그럼 노래 불러봐!"

가난한 예술가

캥거루가 냉장고를 열고 속을 들여다보았다.

"장 보러 갔다 온 거 아니었남?" 캥거루가 말했다.

"그럴 생각이었는데, 시상이 떠올라서." 내가 말했다.

"그것참 완벽하네." 캥거루가 냉장고 문을 쾅 닫으며 말했다. "그래서 사람들이 예술가는 배고프다고 말하나 봐?"

"하. 하." 나는 시큰둥하게 대꾸했다. "재밌네."

"자, 그럼 한번 읊어봐." 캥거루가 말했다. "좀 메스꺼워질지도 모르지만 적어도 배는 안 고프겠지."

나는 시를 읊었다.

내가 장 보러 갔을 때
내가 리들 앞에 도착했을 때, 문은 벌써 굳게 닫혀 있었네.
시계를 보니 저녁 여덟 시가 방금 지났네.

그 다음 날, 다시 리들에 가보니 안내판이 걸려 있었네.
일요일은 휴무입니다.

"리들은 나빠!" 캥거루가 말했다. "이제 리들에서 장 안 보기
로 한 거 아니었남?"

"응, 그래서 안 갔어."

벨소리 사세요

"나 새로운 사업 아이디어가 떠올랐어." 캥거루가 말했다.

"그래?" 내가 물었다.

"나 벨소리 만들고 있어." 캥거루가 말했다. "www.최신벨소리.com 들어가 봐."

"아, 그래?" 나는 시큰둥한 반응을 보였다.

"내 사업 아이디어가 언제 안 먹힌 적 있었어?" 캥거루가 물었다.

"소시지 맛 초콜릿."

"그땐 초짜였잖아. 이번에는 달라." 캥거루가 말했다. "나한테 전화 함 해봐!"

"싫어." 내가 대꾸했다. "비싸."

"해보라니까." 캥거루가 말했다. "전화 안 받을게."

나는 캥거루의 핸드폰으로 전화를 걸었다. 갑자기 꽥꽥거리는 소리가 들려왔다.

"안녕! 안녕! 나야! 난 너의 최신 벨소리야! 너는 이런 걸 5유로나 주고 샀지? 너 바보니? 5유로면 밥 한 끼 사 먹겠다! 안녕!
안녕! 나야! 난 너의 최신 벨소리야! 너는 이런 걸 5유로나 주고
샀지? 너 바보니?"

나는 전화를 끊었다.

"자아비판적인 벨소리야!" 캥거루가 들떠서 말했다.

"다 좋은데, 세상 사람들은 비판받는 걸 좋아하지 않아." 내가
말했다.

캥거루도 동감인지 고개를 끄덕였다.

"아마 잘 팔리지는 않을걸." 내가 말했다.

"잘 팔릴 거야! 벨소리명이 '방귀, 섹스, 트림'이거든!"

"머리 좀 썼네." 나는 고개를 끄덕였다. "비판이 꼭 필요한 사
람들이 벨소리를 사겠군."

"이것 말고도 더 있어." 캥거루가 핸드폰 버튼을 눌렀다. "이
벨소리명은 '현금지급기 소리'야."

핸드폰에서 돈 세는 소리가 비명처럼 울려 퍼졌다.

"푸두두두두두두둣-천만-푸두두두두두두둣-일억-푸두두
두두두두둣-십억 명이 굶어 죽어가고 있는데 너는 안녕하세요?
돈 한 푼 아낀다고 뭐 세계 경제가 기울겠어? 라고 생각하는 바
로 너 같은 놈이랑, 너 같은 놈한테 고용된 투자 담당자랑, 둘이
한통속으로 연금 운용 한답시고, 큰 수익 한번 기대해 본답시고
주식 투자, 채권 매입, 뭔들 못하겠느냐마는 그게 세계 경제를
흔드는 건 모르지? 은행이 뭔 돈으로 투기하는지 모르지? 네가

식료품 하나 싸게 사고 아낀 그 돈 몇 푼으로 전 세계가 디지털에 의해 학살….”

“이거 언제까지 나와?” 내가 물었다.

“하다 보니 쌓인 감정을 다 쏟아내게 되더라고.” 캥거루가 말했다. “다 돌아가는 데 두 시간 이십 분 정도 걸려.”

나는 전화를 끊었다.

“너무 길어.”

“좀 그렇긴 해….” 캥거루가 고민하며 말했다. “더 비싸게 받아도 될 것 같아.”

캥거루가 다른 버튼을 눌렀다.

“이거 함 들어봐. 아마 이게 제일 잘 팔릴 것 같아.”

핸드폰에서 여성의 신음소리가 흘러나왔다. “앙! 앙! 하아앙~ 전화 왔어요! 하지만 지금 전화 받을 거면 빨리 옷이나 입고 가버려! 다시는 오지 말아요!”

“이 벨소리 이름은 COITUS INTERRUPTUS[1]야!” 캥거루가 말했다.

“다 좋은데,” 내가 말했다. “핸드폰 벨소리에 도덕관념 세뇌당하기 싫다고 항의라도 들어오면 어쩔 건데?”

“항의하고 싶은 분은 전화 주세요!” 캥거루가 말했다. “1분에 69센트입니다!”

---

1 ‘질외사정’이라는 뜻의 라틴어. (옮긴이)

초콜릿의 행방

"좀비야 좀 비켜봐." 캥거루가 말했다.

나는 노트북 화면에서 시선을 떼며 물었다.

"뭐라고?"

"좀 비켜보라고." 캥거루가 말했다. "나도 소파에 앉으려구."

"아, 그래." 나는 캥거루에게 앉을 자리를 내어 주며 말했다. "나는 나한테 좀비라는 줄 알았어."

"맞아, 좀비야. 좀비키래잖아 좀비켜! 오렌지먹은지 얼마나 오랜지 모르겠네. 바나나먹으면 나한테 반하나." 망할 주머니 동물은 이렇게 나불거리며 소파 위에 자리를 잡고 앉았다. "시금치가 시드니에 가면 시드니?"

나는 고개를 절레절레 흔들었다.

"이럴 땐, 넌 죽을 준비해, 난 밥을 준비할게, 그래야지!" 캥거루가 말했다.

"싫어." 내가 말했다. "절대로 싫어." 그러고는 관자놀이를 꾹 꾹 눌렀다.

"왜? 미치기 일보 직전이야?" 캥거루가 물었다.

"너도 내가 말장난 싫어하는 거 알잖아. 이건 정신적인 고문을 넘어서 육체적인 고통을 수반한다고." 내가 말했다.

"알았어. 나 이제 말 안 할게. 캥거루 할게!" 캥거루가 말했다.

나는 한숨을 쉬었다.

"아니야, 용 할래. 용이 하늘로 올라가면 올라가용."

"악!" 나는 귀를 틀어막았다.

"뭘 이 정도 갖고 그래?" 캥거루가 이죽거렸다. "난 네가 이런 거로 먹고사는 줄 알았는데? 하지만 네가 정말 원하면 난 네모 할게!"

"나한테 원하는 게 뭐야?" 난 귀를 틀어막고 소리쳤다.

"위스키 초콜릿 어디에 숨겼는지 말해!"

"너 요새 그거 너무 많이 먹는 거 알아?"

"위스키 초콜릿 어딨어?"

"난 안 숨겼어. 네가 다 먹었잖아!"

캥거루가 슬픈 표정으로 고개를 저으며 말했다. "알았어!"

나는 움츠린 채 식은땀을 흘렸다.

"이렇게까진 안 하려고 했는데 어쩔 수 없지… 나 이제 말리지 마! 건조해지니까!!"

"난 어딨는지 몰라…" 나는 신음하듯 말했다.

"너 돼질 준비해, 상추 가져오기 전에! 망할 위스키 초콜릿은 어덨어?"

"내 옷장에 있어!" 나는 거의 울부짖었다. "거기 판자 아래에!"

"고마워, 친구. 진작 불었으면 좋잖아!" 캥거루가 기분 좋은 듯 껑충거리며 나갔다. "또 보자구, 친구!"

"보기 싫어, 웬수야."

목표 세우기

나는 거실 한쪽에 걸린 그물침대에 늘어져서 손가락 개수를 세고 있었다. 열 개. 다시 셌다. 열 개. 다시 셌다. 아홉…. 응? 아니네. 열 개 맞네. 그때 캥거루가 기척도 없이 거실로 껑충 뛰어들었다.

"또 그물침대에 누운 거야?" 캥거루가 물었다.

"응. 아니." 나는 대꾸하며 잠옷에 붙은 먼지를 털어냈다. "계속 누워 있는 거야."

"아직 잠옷은 벗지도 않았고!" 캥거루가 말했다.

"왜 어떤 사람은 딱 보면 아는 사실을 굳이 물어보거나 말로 확인하는 걸까?" 내가 물었다.

"나는 단지…." 캥거루가 대꾸하려고 입을 열었다.

"나 오늘부터 목표를 세워서 실행에 옮기기로 마음먹었어. 일단 오늘 하루 아무것도 안 하는 게 목표야." 내가 말했다.

"그래?" 캥거루가 말했다. "미련한 소생 기억에는, 그거 어제

목표였던 거 같은데."

"아니야." 내가 대답했다. "어제는 그냥 아무것도 안 한 거야. 목표가 없었던 거지. 그래서 하루가 끝날 무렵에 목표달성을 못 했다는 생각에 기분이 찜찜하더라고."

"그래서 오늘은 아무것도 안 하는 걸 목표로 정했다?" 캥거루가 물었다.

"맞아."

"어쨌든 한가한 거네?"

"원칙적으로는, 그렇지."

"그럼 욕실 청소도 도와줄 수 있겠네?" 캥거루가 물었다.

"정말 기꺼이 도와주고는 싶지만, 일의 특성상 내 원칙에 어긋나." 내가 말했다. "만약에 내가 욕실 청소를 도와주게 되면 결국 오늘 하루가 끝날 무렵에는 목표달성을 못 했다는 생각에 기분이 찜찜할 거야."

"아무것도 안 하는 거?" 캥거루가 물었다.

"맞아."

"목표를 세운다는 건 좋은 거야." 캥거루가 고개를 끄덕이며 공감을 표했다. "목표가 없으면 아무것도 못 하고 결국 게을러질 뿐이니까."

"오늘 너의 목표는 뭐야?" 내가 물었다.

"자본주의 뿌리 뽑기." 캥거루가 대꾸했다. "맨날 똑같아."

"너 거울 함 봐봐." 내가 말했다. "네 얼굴은 행복해 보이지가 않아. 차라리 목표 설정을 바꿔봐. 아무것도 안 하기 어때?"

"노! 노! 노!" 캥거루가 말했다. "만약 세상 사람들 모두가 그런 식으로 생각하게 된다면…."

"만약 이 세상 사람들 모두가 이런 식으로 생각하게 된다면 자본주의는 없어질걸."

"흠…." 캥거루가 생각에 잠겼다.

"쓰레기 분리수거와 같은 원리야." 내가 말했다. "일단 다수가 참여하게 되면 그 영향력이 증가해서 필요성도 높아지는 거야. 하지만 반대로, 아무도 쓰레기를 분리수거 하지 않으면 다수의 참여도 영영 시작되지 않을 거고, 필요성도 없어지는 거지. 바로 그 이유 때문에 나는 오늘 아무것도 하지 않기로 목표를 정한 거야."

"소극적 저항이군…." 캥거루가 고개를 끄덕이며 공감했다.

"바로 그거야."

"정말 매력적인 원칙이라는 생각이 드는데!" 캥거루가 말했다. "그 원칙에 따라 버드 스펜서 영화 보는 건?"

"당연히 되지."

"마음에 들어!" 캥거루가 말했다. "아주 마음에 들어!!"

그물 침대

"너 왠지 찜찜해 보여." 캥거루가 말했다.

"응. 어제 결국 뭘 했거든." 내가 말했다.

"그래? 난 네가 아무것도 안 한 줄 알았는데."

"시 한 편 썼어."

"아무것도 안 하려는 계획을 달성하지 못해서 우울하구나?"

"맞아. 아무튼, 시 제목은 그물침대야."

"너 그 시를 꼭 읊어야겠냐?"

"응."

"알았어. 해 봐."

나는 시를 낭독했다.

그물침대
넌 거기 걸려 있고, 난 여기 서 있지

나는 살과 뼈, 너는 리넨이지
너는 아무것도 바라지 않고, 나는 마냥 네 안에 있고 싶어라
오, 그물침대야! 우리는 너무도 달라
그러나 너와 나 한 가지는 같구나
너나 나나 축 늘어져 있다는 것

"뭐 그렇겠지…" 캥거루가 한심하다는 듯 중얼거렸다.

물증

위키피디아에서 내 이름을 검색했다. 우리 할머니 이름을 잊어버렸기 때문이다. 그런데 뭔가 좀 이상했다.

"마크 우베 클링은 독일 태생으로 작사가이자 작가이며 카바레티스트로 활동하고 있다. 현재 베를린에 살고 있고, 어쩌고저쩌고, 할머니의 이름은 헬렌이다. 그리고 그는 현재 욕실 청소 당번이다."

나는 손에 쥐고 있던 볼펜을 세 번 정도 딸깍거렸다.

"야! 일루 와 봐." 나는 캥거루를 소리쳐 불렀다. "이거 네가 썼지?"

캥거루는 차가운 스테이크가 든 접시를 앞발로 들고 슬리퍼를 천천히 끌면서 부엌에서 나왔다.

"아니." 캥거루가 천연덕스럽게 말했다. "하지만 인터넷 백과사전에 쓰여 있는 말이니까 신빙성이 있다고 봐야겠지."

"하! 신빙성 좋아하시네! 아무나 여기 끄적거릴 수 있는 거 몰라? 그래, 예를 들면 주머니 달린 동물이라던가. 아마 이번에 그 동물이 욕실 청소 할 차례였던 것 같은데? 지난주에는 확실히 내가 당번이었거든!"

"아, 그래?" 캥거루가 말했다. "네가 그렇게 말하리라 짐작은 했어."

캥거루는 유튜브에 들어가 캥거루 한 마리가 욕실 청소하는 동영상을 보여주었다.

"그건 증거자료가 못 돼!" 내가 말했다. "몇 년 전에 찍은 건지 누가 알아."

그러나 동영상에서 캥거루는 지난주 신문을 들고 있었다. 나는 그 아래 달린 1974개의 댓글을 훑었다.

"대박~! 캥거루가 욕실 청소 하는 거 첨 봄"

"The Best Kangaroo ever!"

"대통령 선거 출마시켜."

"멋진 비디오네여! 여기에도 화~끈~한~비~아~그~라 있어여~"

"백번 양보해서 만약 내 차례라고 쳐도," 내가 말했다. "이 집에서 집안일은 거의 내 차지고 넌 손가락 하나 까딱 안 하잖아. 여기 있는 누가 오늘 아무것도 하기 싫대서 나 혼자 빨래 돌렸고, 설거지하고 장 봐 왔잖아. 만약 양심이 있다면 너도 청소 좀 하지그래? 난 네 노예가 아니야!"

다음 날 아침, 내 메일함은 원폭을 맞은 것 같았다.

"손가락 하나도 까딱하기 싫어하는 공주마마께 보내는 전언" 또는 "같은 인간으로서 부끄럽다! 포식자!", "남자 구실이 어려우시군여~ 처방전 없이 비-아-그-라 구입하려면 여기를 클릭하세여!" 같은 제목으로 시작하는 메일들 말이다.

캥거루가 동물애호가협회 블로그에 자신의 생활상에 대한 애절한 사연과 함께 내 이메일 주소를 올려놨기 때문이다. 이제 위키피디아의 내 정보에 변화가 생겼다. 누군가 내 사진에 히틀러 수염을 칠해 놨고, 내 신상 정보에도 수정을 가했다.

클링은 저속한 작은 예술가이다. 그는 싸구려 노래로 자유인 정신 따위의 이상주의를 거만하게 떠들고 다니지만, 집에서는 털끝만큼도 그 이상을 실천하지 않고 있으며, 캥거루 한 마리를 착취하고 있다. 매우 사악한 영혼의 소유자이며 성격도 더럽다. 게다가 테렌스 힐이 버드 스펜서보다 낫다고 생각한다.

그 아래에는 유튜브 링크가 달려 있었다. 링크를 클릭하니 내가 다음과 같이 말하는 동영상이 떴다.

"내 차례…야. 하지만 나는…아무것도 안…해. 나는…아무것도 하기 싫어…청소…해…노예."

내 억양이 평소보다 어색한 느낌이 들었다. 동영상 밑에는 다음과 같은 댓글이 이어졌다.

서커스마스터 "나는 작은 예술가가 싫어!"

귀여운쥐34 "신상털기 들어갑니다, 사깃꾼씨!"

맞춤법좀 "사깃꾼이 아니라 사기꾼이지 병신아"

거시기숍24 "동영상 쥑이네여! 근데 여기 누르시면 더 쩌는 동영상 많아여"

　내가 욕실을 청소하는 동안 캥거루가 다가왔다. "여론의 압박은 합당한 결과를 이끌어내는 법이지!" 캥거루가 만족스럽게 말했다.

　"언론을 장악한 자는 대중이 기꺼이 전쟁에 자원하게끔 유도할 수도 있지." 나도 고개를 끄덕이며 말했다.

　캥거루가 옅은 미소를 지어 보였다. "놀랍군! 운명 앞에 고개 숙인 너를 보니 즐거워지는데! 자기가 패배한 사실을 모르는 패배자를 바라보는 건 참 안타까워."

　"그렇지 뭐." 내가 말했다. "우리끼리 하는 얘긴데, 비디오에 나온 창틀의 파란색 유리병 말이야. 그거 몇 달 전에 깨진 거잖아."

　"그렇지." 캥거루가 싸늘하게 말했다. "어쨌든 물증은 없으니까!"

　나는 미소 지었다.

　"내가 이래 봬도 〈더 와이어〉[1] 시즌 5까지 본 사람이거든!" 나

---

1 경찰 특수팀 사건을 다룬 미국 드라마. (옮긴이)

는 욕실장 안에 숨겨 두었던 비디오카메라를 꺼내며 말했다.

"치사한 새끼…." 캥거루가 중얼거렸다.

"그거 알아…?" 나는 캥거루의 손에 변기 솔을 건네주며 말했다. "자기가 패배한 사실을 모르는 패배자를 바라보는 게 얼마나 안타까운지."

우울증의 압제

"지금 뭐하는 거야?" 캥거루가 물었다.

나는 잠깐 동작을 멈추었다.

"보면 몰라?" 내가 물었다.

"너 지금 등산 장비로 무장하고 베란다에서 로프 타고 있는 거야?"

"알면서 왜 물어!" 나는 퉁명스럽게 대꾸하고는 천천히 아래로 내려갔다.

"알았어." 캥거루가 말했다. "질문을 바꿀게. 왜 베란다에서 로프 타고 있어?"

"밑으로 내려가려고."

"아, 그렇구나." 캥거루가 말했다. 나는 아래층 베란다 화분가에 대롱대롱 매달려 있었다. 캥거루가 베란다 난간 위로 몸을 굽혔다.

"바보같이 자꾸 물어서 미안한데, 계단 놔두고 왜?"

"왜냐하면 나는 매일 전혀 색다른 걸 시도해보고 싶거든." 내가 대꾸했다. "새로운 시도를 하면 일상이 주는 우울한 기분을 날려버릴 수 있어. 그게 내 생활신조야."

"네 생활신조는 아무것도 안 하는 거 아니었남?"

"거기서 약간 발전시켰어. 아무 계획 없이 살기."

"그래서, 지금 그게 네 신조에서 약간 발전시킨 거임?"

"내가 지금 계획하고 이러는 것 같아? 그냥 즉흥적으로 하는 거라고."

"즉흥적으로 계획했다는 거임 아님 즉흥적으로 로프에 먼저 몸을 매단 거임?" 캥거루가 물었다.

"뭐 그리 궁금한 게 많아?" 나는 반문하며 다시 천천히 아래로 내려갔다.

"그래서 아래에 도착하면 그다음은?"

"시청 가서 서류 하나 작성하고, 마트에 장 보러 갈 거야."

"그것참 흥미진진한데!" 캥거루가 말했다.

"응. 우리는 오늘 하루를 오랫동안 기억하게 될 거야. 내가 집 베란다에서 로프를 타고 내려간 이 일을 말이야."

"대기번호표 뽑고, 화장실 휴지 사 오기 위해 말이지?" 캥거루가 말했다.

"오늘 우리는 우울증의 압제로부터 승리를 쟁취한 거야." 내가 말했다. "기계적인 단조로움과 반복적인 일상으로부터도!"

내 발이 지면에 닿는 순간, 캥거루가 소리쳤다. "위스키 초콜릿도 사 올 거지?"

"결국 우리 모두한테는 삶을 살아내기 위한 각자의 수단이 있는 거군." 나는 중얼거렸다.

"뭐라고?" 캥거루가 소리쳤다.

"아무것도 아냐." 나도 외쳤다.

"싸구려 사오면 로프 타고 올라오게 될 줄 알아!"

비행 곡선

우리는 공원에 누워서 게으르고 태평하게 평화를 만끽하고 있었다. 그런데 손바닥만 한 개새끼 한 마리가 내 얼굴 바로 옆에서 짖어댔다. 나는 깜짝 놀라 벌떡 일어나서 신경질적으로 손을 내저었다. "워이…, 저리 가!"

그랬더니 이 성질 나쁜 똥개가 제대로 짖기 시작했다. 캥거루는 일어나서 가볍게 몸을 푼 후, 개를 뻥 찼다. 개는 깨갱 소리와 함께 푸르른 잔디 위로 멋진 비행 곡선을 그리며 날더니 약 십여 미터 정도 거리에 떨어졌다. 그리고 벌떡 일어나 똥줄 타게 도망갔다.

"우워!" 나는 놀라서 펄쩍 뛰어 일어났다. "거… 거… 너…."

"아, 왜? 개를 차면 안 된다고?" 캥거루가 물었다.

"…그거 나도 진짜 해 보고 싶었어!" 내가 말했다.

캥거루의 눈빛이 도망치는 개의 뒷모습을 좇았다.

"완벽했어!" 나는 감탄하며 말했다.

"쳇! 요크셔테리어는 별로야." 캥거루가 만족스럽지 않은 표정으로 투덜댔다. "놈들은 어딘가 기체 역학에 반하는 구석이 있어. 포메라니안이나 페키니즈였다면 5미터는 더 날았을 거야."

"아, 그래?" 내가 물었다. "뭐가 제일 잘 날아?"

"치와와가 딱이지." 캥거루가 말했다. "근데 털 깎은 상태에 따라 좀 다르긴 해."

그때, 웬 곰 발바닥 같은 게 내 어깨를 톡톡 쳤다.

"형씨가 방금 내 개 찼습까?"

나는 고개를 돌렸고, 거기에는 거대한 가슴이 있었다. 거대하고 비대한, 일말의 자비도 없는 그것은, 남자의 육중한 가슴이었다. 나는 고개를 들어 위를 올려다보고는 이렇게 말했다.

"아…," 여기서 말 잘 못 하면 큰일이다. "나 독일 말 초큼 해요." 그러고는 한 걸음 뒤로 물러섰다. 그제야 나는, 내가 멍청이의 화신이라는 사실을 깨달았다. 그 남자의 터질 것 같이 팽창된 벌거벗은 배 위에는 '독일제국 만세'라는 문신이 새겨져 있었다. 아마 독일이 이렇게 훌륭하게 팽창되었더라면, 전 세계가 불행해졌을 것이다.

아무튼 외국인 행세는 잘못된 선택이었다.

"형씨, 거기 그 캥거루랑 복싱 한판 뛰게 해주쇼."

"컴 온!!" 캥거루가 자세를 잡았다.

"에…, 그런데 제 캥거루 아니에요." 나는 존칭으로 불린 데서 약간의 희망을 느끼며 말했다. "말하자면, 자가 소유예요. 소유 관계에 대해서는 까다롭게 굴거든요. 생산관계를 떠나서요."

"이상한 캥거루로군. 빨갱이야 뭐야?"

"그게 저…," 아까의 작은 개새끼가 다시 와서는 미친 듯이 짖어대는 바람에 나는 말을 마치지 못했다.

"워이! 저리 가!" 나는 손을 내저었다.

"아직도 만족 못 하셨나?" 이렇게 외치며 캥거루는 개를 또 찼다. 우리 세 명의 눈이 비행 곡선을 좇았다.

"이번엔 제대로 맞았어!" 캥거루가 만족스럽게 말했다.

거대한 가슴이 먼저 주먹을 날렸다. 캥거루는 민첩하게 몸을 숙이면서 동시에 배주머니에서 권투 장갑을 꺼내 전광석화 같은 어퍼컷을 먹였다. 놈은 그대로 뻗었다.

"우와, 저 새끼 뻗었어!" 나는 감격스럽게 외쳤다. 순간 작고 캉캉거리는 소리가 들려왔다.

"또 너냐?" 캥거루가 한숨을 내쉬며 말했다. "그럼 만족하실 때까지!"

로비 윌리엄스

"로비 윌리엄스의 문신은 총 열여덟 갠 데, 그중 두 개는 자신의 성기가 발기했을 때의 위치를 가리키고 있는 제비 모양이라는군." 내가 말했다.

"뭐?" 캥거루가 물었다.

"일종의 말장난이야." 내가 답했다.

"왜?" 캥거루가 물었다.

"이해 안 돼?" 내가 반문했다. "swallow….[1]"

"지금 내가 왜 이걸 듣고 있어야 하는 건데?"

"내 말이 그 말이야. 지금 내가 왜 이걸 알고 있는 건데?" 나는 말을 이었다. "첫째 나는 로비 윌리엄스한테 관심 없고, 둘째 로비 윌리엄스 음악도 안 좋아하고, 셋째 걔가 사생활에서 뭘 추접을 떨든, 몸에 뭘 새겨 넣든 관심이 없다고. 그런데 왜 이따위

---

1 n.제비 v.삼키다. (옮긴이)

것이 내 머릿속에 들어있느냐고? 난 알고 싶지 않아!"

"나도 알고 싶지 않아." 캥거루가 말했다.

"버드 스펜서가 영화 찍기 전에 프로 수영선수였던 거 알아?"

"당연하지!" 캥거루가 대꾸했다. "올림픽 나가서 은메달도 따지 않았나?"

"헬싱키 올림픽 때 5위, 멜버른 올림픽 때는 11위였대."

"너 요즘 할 일 없나 봐?" 캥거루가 물었다. "하루 종일 구글링 했음?"

"요새 젊은 애들의 70퍼센트는 구글 찾으려고 야후로 검색한대."

"어떻게 하면 방금 들은 걸 최대한 빨리 잊어버릴 수 있을까." 캥거루가 중얼거렸다.

"불가능해." 내가 말했다. "네가 평생에 걸쳐 준비해 온 세계혁명 계획을 잊어버리는 게 더 쉬울걸. 이런 정크 정보는 머리에 끈덕지게 오래 남아있어. 지난 일요일을 떠올려 봐." (우리는 퀴즈게임을 하고 있었는데, "미하엘 슈마허의 부인 이름은?"이라는 문제에 대한 정답을 자신이 알고 있다는 사실에 캥거루가 매우 화를 냈었다.)

"왜 우리 할머니 이름은 기억이 안 나는데 안젤리나 졸리의 입양아 이름은 생각이 나냐고! 아마 어디서 봤거나 읽었겠지. 근데 그거 말고도 내가 보거나 읽은 거 많을 텐데 말야. 차라리 좀 더 기억할 만한 정보를 기억하고 싶다고! 예를 들면 내 MP3 플레이어를 누구한테 빌려줬는지 그런 거."

캥거루는 입을 다물었다.

"텍사스에서는 남의 소에 그래피티 하는 거 금지래." 내가 말했다. "소가 칼로리를 너무 많이 섭취하면 핑크빛 우유가 나온대. 핑크빛 돌고래는 아마존에 서식하고 있대. 돌고래는 거울에 비친 자신의 모습을 인지할 수 있대. 히틀러는 총 46회나 〈슈피겔〉의 커버를 장식했대. 현재까지 가장 많이 리메이크된 노래는 비틀즈의 '예스터데이'래. '예스터데이'는 호어스트 쾰러 전 대통령의 애창곡이래. 가수 궐도 호른의 본명이 호어스트 쾰러래. 궐도 호른은…."

"그만해!" 캥거루가 소리쳤다. "네가 내 머릿속의 지식을 빼앗아 가는 게 실시간으로 느껴진다구!"

"그뿐이 아냐." 나는 말했다. "정크 인포메이션 산업은 어찌나 비열하고 교활한 시스템을 갖추고 있는지…, 정크 인포메이션 없는 세상은 상상할 수 없을 정도야. 언론의 자유? 그래 좋다고! 어차피 정크 인포메이션이라는 쓰레기 더미에서 뭔가 중요하고 재미있는 걸 찾는 건 시간 낭비니까 말이야. 만약 누군가가 한 발짝 뒤로 물러서서 전체를 바라보면 한 조각 진실을 발견할 수 있지. 이 쓰레기 더미가 쓰레기라는 사실 말이야. 그러다가 힌두쿠시 산맥에 독일군을 파병하는 문제[2]에 대한 기사라

---

2 아프가니스탄 내전에 독일군을 파병하는 문제. (옮긴이)

도 읽게 되면 뭔가 이상한 기분이 드는 거지. 가만있자, 브로켄 산이나 추크슈피체 산[3]이 힌두쿠시 산맥에 있던가? 그럴 거라고. 네 머릿속에 있는 모든 중요한 지식이 사라진 거야. 기억나는 건 안젤리나 졸리의 입양아 이름이나, 혁명에서 간신히 몸을 사린 왕족 후손들의 결혼 생중계 방송이나, 네가 태어나기도 전에 내셔널 리그 알레마니아 아헨과 아르미니아 빌레펠트의 친선 경기에서 반칙 파울을 유도해서 벌점을 먹었던 공격수 이름이나, 로비 윌리엄스의 거시기에 새겨진 제비 문신인 거야. 그리고 너는 그걸 삼킬 거야. 다 삼킬 수밖에 없다구. 노동 시간 연장이나 더 많은 일자리…."

"미안한데, 잠깐 말 좀 끊을게." 캥거루가 말했다. "질문이 있어."

"응?"

"그럼 자기 소에는 그래피티 해도 된대?"

3 독일의 유명한 산들. (옮긴이)

관점의 왜곡

"오늘만 네가 계산해 줄래?" 식사 후 캥거루가 물었다.

"오늘?" 내가 반문했다. "…만?" 그리고 말을 이었다. "말이 나왔으니 말인데, 돈이라는 게 있는 줄은 아냐?"

"그러게 말이야!" 캥거루가 미소 지으며 말했다. "세상이란 게 좀 그래. 가진 자가 있는가 하면, 가져가는 자도 있는 거지!"

"그래. 그런데 가진 자가 가져가는 자를 더 이상 참아내지 못하게 될 수도 있어."

"누구 얘길 하고 싶은 거야?" 캥거루가 물었다.

"당연히 나지!" 내가 대꾸했다.

"너의 그 나, 나, 나, 나! 지겹지도 않아? 네 글처럼 말이야! 나는 일어났다, 나는 전화를 받았다, 나는 말했다, 나는 물었다, 나는 생각했다, 나는 이렇게 하고 싶었다."

"내가 일인칭으로만 쓴다고 비판하고 싶은 거야?"

"전혀 아니야." 캥거루가 대꾸했다. "사람이 자기 분수를 아는 것도 나쁘진 않지."

"그럼 관점을 바꿔 보자." 마크 우베가 격앙된 목소리로 말했다. "이제부턴 네가 서술자 해."

나는 레스토랑 테이블 위에 있던 재떨이를 내 주머니에 몰래 집어넣으면서 고개를 흔들며 말했다. "결국 아무것도 변하지 않았어. 아직도 일인칭이잖아."

요 주머니 달린 동물이 오랜만에 제대로 열 받게 만들었다. 겁도 없이 내가 글 쓰는 방식에 대해 잔소리하다니! 웃기고 있네! 캥거루한테 뜀뛰기 하는 방법을 조언하랴? 저 치즈 케이크는 맛있어 보인다. 내가 예전에 알던 어떤 여자는 머릿속의 생각을 곧바로 말하지 않고는 견디지 못하는 사람이었다. 생각이 별로 없는 여자인 게 다행이었다. 이상하다. 다리에 감각이 없는 듯 둔하게 느껴졌다. 아얏, 뭐지? 아얏!

"안녕하세요! 집에 누가 계신가요?" 캥거루가 이렇게 외치며 내 머리에 노크를 했다. "그게 뭐야? 설마 내적 독백을 하는 거야? 그런데 이봐, 아직도 일인칭이잖아!"

마크 우베는 움찔했다.

"잠깐만 기다려 봐." 그는 이렇게 말했다. "전지적 작가 시점으로 해 볼게."

캥거루가 이 젊고 잘생긴, 갈색 머리 남자의 작품을 직접적으로 비판한 이유는, 그가 자신만의 생각의 바다에 빠져 헤매게 만들어서 이번에도 밥값을 치르지 않기 위한 계책이었다. 마크 우베가 이 사실을 깨달았을 때, 캥거루는 이미 자취를 감추고 없었다.

그러나 캥거루는 곧이어 그 카페의 아름다운 여직원이 카페 안의 모든 손님에게 공짜 치즈 케이크를 제공하리라는 사실과 어떤 미친 억만장자가 오백 유로짜리 지폐를 뿌리면서 "이렇게 매일 두 시간씩 돈을 뿌리고 다녀도, 저녁이면 어제보다 더 많은 돈이 내 계좌로 굴러든다오. 자본주의는 정말 놀랍소!"라고 말할 거라는 사실은 몰랐다. 마크 우베의 옆 테이블에는 카우보이 차림의 회색 수염 남자가 앉아 있었다. 그는 마크 우베를 향해 몸을 돌리고 미소 지어 보였다.

"말씀 안 하셔도 알아요." 마크 우베가 말했다. "당신 치즈 케이크를 내가 먹겠느냐고 물어볼 생각이신 거."

"그걸 어떻게 알았소?" 그가 거친 목소리로 물었다.

"저는 전지적 시점의 작갑니다." 마크 우베가 대답했다.

"과연 그렇군." 그가 중얼거렸다. "그럼 한 가지 묻지. 정말 이 세상 만물의 이치와 삼라만상 다 알고 있다고 확신하나? 예를 들어 모든 버스와 지하철 노선을 누가 관장하고 움직이는지?"

"아…저…," 마크 우베는 말을 더듬었다. "그게…그러니까…."

"자네가 정말 전지적 작가인지, 아니면 단지 거짓말쟁이 이야기꾼인지 확신이 있는 건가?" 그 낯선 남자가 물었다. "자네가 뮌히하우젠 백작[1]이 아니라는 확신이?"

"아뇨. 확신은 없습니다." 나는 말했다. 그리고 그 낯선 이는 위스키 초콜릿으로 변했다.

캥거루가 레스토랑 문 안으로 고개를 디밀었다.

"아직도 여기 있었어?" 캥거루가 외쳤다. "언제 올 거야? 어라! 그거 위스키 초콜릿이네…."

1 거짓말쟁이 이야기꾼으로 자신의 모험 이야기를 부풀려 떠들고 다녔다. (옮긴이)

고래 싸움에서 새우등 터뜨리기

"야, 내 얘기 좀 들어 봐…." 나는 지하철의 덜컹거리는 진동에 몸을 맡기며 캥거루에게 말했다.

"너랑은 더 이상 말 안 해!" 캥거루는 이렇게 소리 지르고는 지하철 문 옆에 하나 남은 자리에 앉아 버렸다. 우리 사이에는 베이지색 양복을 입은 땅딸막하고 뚱뚱한 남자가 앉아 있었다. 그는 작고 둥근 안경을 쓰고 있었는데, 어딘가 햄스터를 연상시켰다.

나는 캥거루와 이야기하려고 그 남자의 앞쪽으로 몸을 굽혔다.

"너 이러는 거 정말 유치하다고 생각하지 않냐?" 내가 말했다.

"어디서 개가 짖고 있나요?" 캥거루가 그 남자에게 말했다. "개 짖는 소리가 들려요."

나는 똑바로 앉았다. 그러고는 그 작고 뚱뚱한 남자에게 말했다. "제가 캥거루에게 이미 사과했다고 좀 전해주시겠어요?"

남자는 대꾸하지 않았다.

"저기요!" 나는 그 남자를 쿡 찔렀다. "저쪽에 앉아 있는 바보 캥거루에게, 제가 이미 사과했다고 좀 전해주시겠어요?"

"저한테 말씀하시는 건가요?" 남자가 깜짝 놀라며 물었다.

"그럼 아저씨 말고 누가 있어요?" 나는 반문했다. "캥거루가 저랑은 말 안 하려고 하잖아요."

남자는 격분한 상태로 지하철 천장에 붙어 있는 광고 모니터만 쏘아보고 있는 캥거루를 흘끔거렸다.

"죄송하지만…," 남자가 말했다. "제 생각에, 제가 여기에 끼어드는 건 좀 아닌 것 같은데요."

"그러시군요." 내가 말했다. "그러니까 쟤가 옳다고 생각하시는 거죠?"

"아뇨, 저는…."

"그럼 왜 이렇게나 작은 부탁을 굳이 거절하시는지 이해가 되지 않는데요." 내가 말했다.

남자는 작은 콧잔등을 햄스터처럼 몇 번 찡긋거리더니 안경을 고쳐 썼다. 그러고 나서 캥거루에게 말했다. "저…, 제 옆자리에 앉아 계신 이분께서 본인이 이미 사과하셨다는 사실을 전해달라고 하시네요."

캥거루가 어찌나 난폭하게 고개를 들이대었는지, 내 가여운 사신은 거의 앉은 자리에서 벌떡 일어날 뻔했다.

"아하! 그럼 그걸로 충분할 거라고 그분께서 언급하시던가요? 우리 사이에 전혀 문제없을 거라고? 사과 한 번에? 그랬으면 가룟 유다도 '예수 쌤! 전화했었는데 받질 않아서 음성메시지 남겨여. 쌤이랑 나랑 은화랑 로마군 사이에 좀 그렇고 그런 일 있었던 거, 그리고 십자가, 미안해요 쌤. 우리 과거는 걍 뒤로 해여. 안녕!' 이렇게 그냥 넘어갈 수 있다고 생각하시는지?" 캥거루가 말했다. "그분께 이렇게 전해주세요."

"캥거루 씨께서 그 정도로는 어림도 없다고 하시네요." 남자가 내게 말했다.

"캥거루한테, 그럼 교황조차도 할복해야 한다고 전해주세요."

"이분께서는 충분할 거라고 하시네요." 남자가 캥거루에게 말했다.

"그럼 더 이상 할 말 없네요." 캥거루가 말했다.

"캥거루 씨가 더 이상 할 말 없다는데요." 남자가 말했다.

"저도 들었거든요!" 내가 말했다. "근데 아저씨 생각에도 캥거루가 너무 유치한 것 같지 않아요? 아저씨가 이 상황이라면 이렇게 유치찬란하게 행동하시겠어요? 아마 안 그러실 걸요."

"전 무슨 일이 있었는지 모르는데요." 남자가 말했다.

"그야 모르는 게 당연하죠!" 나는 퉁명스럽게 대꾸했다. "우린 모르는 사이니까요."

남자는 코를 몇 번 찡긋거리더니 안경을 고쳐 썼다.

"완전 어이없는 아저씨네!" 캥거루가 말했다. "아저씨가 뭔데 남의 사적인 문제에 끼어드는 거죠?"

"자식들이 마약 해요? 부인 바람났나요? 아니면 직장에서 왕

따 당하고 있어요?" 내가 물었다.

"이것 참 무례하시군요!" 남자가 말했다.

"이것 참 무례하시군요!" 캥거루가 익살스럽게 남자를 따라 하고는 주둥이를 씰룩거렸다. "나는 햄스터, 햄스터라네! 찍찍찍 찍!"

남자는 벌떡 일어서더니 열차의 맨 끝으로 가서 마지막 남은 한 자리에 앉았다.

"너 말이 지나쳤어." 내가 말했다.

"그랬나?" 캥거루가 물었다.

"가서 사과해야 할 것 같아." 내가 말했다.

캥거루는 몸을 일으켰다. 그 작고 뚱뚱한 남자의 옆자리에는 어떤 작고 통통한 여자가 앉아 있었다. 여자는 아주 작은 코에 바보같이 동그란 눈을 하고 있었다. 캥거루는 여자를 쿡 찔렀다.

"하이, 기니피그 양! 옆에 뚱뚱한 아저씨한테 내가 햄스터라고 한 거 미안하다고 좀 전해줄래요?"

검열

"너 라디오 고정 코너 맡았다며?" 캥거루가 물었다. "근데, 프
로그램 내용이…."

"왜, 싫어?" 내가 물었다.

"네가 나에 대해 무슨 말을 하느냐에 달렸지." 캥거루가 말했다.

"좋은 것만 말하니까 걱정 마."

"거짓말!" 캥거루가 격분했다.

"예를 들자면?"

"예를 들어서, 내가 물건을 슬쩍 한다는 것, 아니면 위스키 초
콜릿을 하루에 몇 상자씩 먹어댄다는 것!"

나는 말없이 캥거루의 그물침대 옆에 쌓인 빈 초콜릿 상자들
을 보여준 후, 옷장 문을 열고 그 안에 탑처럼 아슬아슬하게 쌓
여 있는 재떨이를 보여 주었다.

"나는 있었던 일만 말한다고." 내가 말했다. "왜냐하면, 네가
말하면 곧장 다 받아 적거든."

"곧장?" 캥거루가 물었다.

"곧장." 내가 대꾸했다.

"다?"

"다."

"지금 이것도?"

"이것도."

"흠. 그렇담 나 인간들에게 꼭 하고 싶은 말 있었어!" 캥거루가 말했다.

"@#$&%*···
·····························"

"그건 안 되겠다." 내가 말했다.

"그래? 이건 안 되겠다고라?" 캥거루가 물었다.

"안 돼."

"전형적인 자체 검열이군!" 캥거루가 말했다. "중요한 건 삭제되지만 헛소리는 모든 전파를 타고 퍼져나가지."

"흠." 내가 대꾸했다.

"이거도 받아 적던가." 캥거루가 말했다.

"적었어." 내가 대꾸했다.

캥거루는 식탁 위로 뛰어오르더니 언성을 높였다. "할 말은 많은데 들어주는 이 없는 자, 불행하도다! 그러나 들어줄 이 기다리는데 아무 할 말 없는 자, 더욱 불행할지니!"

"좋은 말이네." 내가 말했다. "네가 생각해 낸 거?"

"아니. 브레히트!"

"《황야의 이리》쓴 사람인가?"

"아니. 그건 뵐[1]이 썼고!"

"어쨌든 좋은 책이야." 내가 말했다.

"맞아." 캥거루가 대꾸했다.

"읽었어?" 내가 물었다.

"아니!" 캥거루가 대꾸했다. "넌?"

"나도." 내가 말했다.

캥거루는 킁킁거리며 공기 중의 냄새를 맡았다. 녀석이 배가 고플 때 하는 행동이다.

"아직도 적어?" 캥거루가 물었다.

"응." 내가 대꾸했다.

"그만 받아 적어!"

"싫어."

"그만 적어."

"나 이렇게 적었어. '그만 적어! 캥거루가 말했다.'"

"지금 당장 그만두지 않으면 밑으로 내려가서 가만두지 않을 거야!"

"헐, 무서워 지리겠는데!" 내가 말하는 순간 캥거루가 식탁에서 내 위로 뛰어내려서는….

1 하인리히 뵐을 말함. 그러나 《황야의 이리》를 쓴 작가는 헤르만 헤세임. (옮긴이)

이론과 실제

나는 5년 전에 인터넷으로 비행 티켓을 예매했었다. 특가 상품이었다. 이륙 시간은 5시 30분이었다. 새벽 5시 30분 말이다. 일반적으로 아침에 이륙하는 비행기가 경제적이기 때문에 이렇게 예약하는 게 옳다. 그러나 나는 이 비현실적인 계획의 현실적인 적용에 따른 애로사항은 전혀 고려하지 않았었다. 결과적으로 오늘, 새벽 3시 30분에 알람시계가 울부짖었을 때, 나는 내가 세운 5년 전 계획의 희생양이 되어 있었다. 그에 비해 캥거루는 너바나 앨범을 최대 음량으로 틀어 놓고는 신나게 날뛰었다. 그리하여 내 모든 이웃 사람들도 나의 경제적이고 올바른 여행 계획의 희생양이 되었다.

"야!" 내가 외쳤다. "지금 새벽 4시라고! 도대체 너는… 네 바이오리듬은 왜 그 모양이야?"

비행경로는 베를린 쇠네펠트 공항에서 출발해서 베를린 테겔 공항까지였다. 우리의 목적지는 테겔 수영장이었다. 한마디로,

옆 동네 수영장에서 수영하는 거였다. 굳이 비행기를 탄 이유는, 미리 예약하면 전철로 가는 것보다 1유로가 저렴했기 때문이다.

공항으로 가는 차표를 끊을 때 뭔가 놓친 게 있다는 불길한 예감이 엄습했다.

그 예감은 공항의 무작위 승객 신체검사 때 현실화되었다. 그리고 우연히, 무작위적이고 예상치 못하게 검사 대상으로 지목된 건, 캥거루였다.

"우연히, 무작위적이고 예상치 못하게 저를 지목하신 이유는 제가 결백한 중부 유럽 백인종처럼 보이지 않아서 그런 건가요?" 캥거루가 물었다.

"바로 그거요." '아웃소싱 되어서 임금 덤핑 된' 안전 책임자가 대꾸했다.

"이제 어쩔 건데요?" 캥거루가 물었다. "저한테 뭘 바래요, 이 특성 없는 양반아[1]!"

"주머니에 든 것 꺼내세요."

캥거루의 주머니에서 나온 물건들은 다음과 같다. 커트 코베인의 일기, 패밀리 팩 사이즈 아스피린, 오래된 테디 베어 인형, 그물침대, 고무튜브, 마오쩌둥 어록, 빨강 권투 장갑, 여러 레스토랑의 재떨이들, 위스키 초콜릿 두 상자, 내 MP3 플레이어….

"너!" 내가 소리쳤다. "내 MP3 플레이어!"

---

1 《특성 없는 남자》는 로베르트 무질의 책 제목. (옮긴이)

캥거루는 어깨를 으쓱하며 대꾸했다. "니 거니 내 거니 하는 건 부르주아적 이분법일 뿐이야."

"이제 주머니를 밴드 위에 올리세요." 남자가 말했다.

캥거루는 당황했다.

"불가능해요." 캥거루가 망연자실하게 말했다.

"주머니를 밴드 위에 올려놓으십시오." 남자가 다시 말했다.

"이건 제 몸에 붙어 있는 거라고요!" 캥거루가 말했다.

"주머니. 밴드 위에." 남자가 나지막이 말했다. "당장 올려놓으십시오."

다른 직원들은 캥거루에게 남자의 말을 전달하려고 애썼다. "Please put your bag on the Band." 캥거루는 자기 주머니를 잡아당기며 확고하고 신경질적으로 말했다. "불가능! 붙어있다구!!"

"규정상 주머니는 반드시 밴드 위에 올려놓아야 합니다." 남자가 낮게 위협했다.

"이건 굴욕이야!" 1분 후 엑스레이 촬영기 속으로 머리부터 들어가기 전, 캥거루가 밴드 위에서 소리 질렀다.

잠시 후, 엑스레이 화면을 들여다보던 여직원이 투덜거렸다.

"뭐가 들은 거야? 전혀 모르겠네. 한 번 더 해봐야 할 것 같은데?" 여직원이 방금 기계 반대쪽으로 빠져나온 캥거루에게 말했다. "주머니 좀 위로 올려보세요."

"거시기나 까서 먹어보세요!" 캥거루가 저주를 퍼부었다.

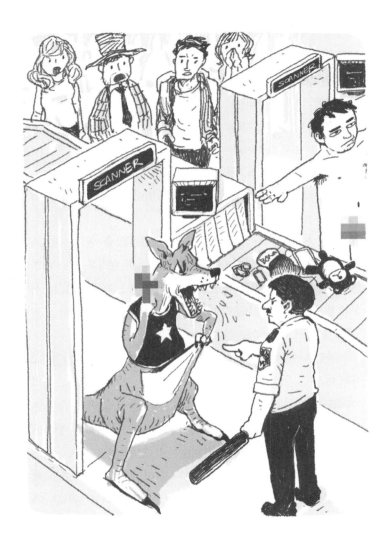

남자가 무전기로 지원을 요청했다. 나는 애원하는 눈으로 캥거루를 바라보았다. 캥거루는 뚜껑이 열려서 씩씩거리며 밴드 위에서 껑충거리다가 체념한 듯 발을 한 번 구르고는 기계 반대 방향으로 얌전히 누웠다.

"It has to start somewhere…," 캥거루가 중얼거렸다. "It has to start sometime…."

"저는 먼저 지나가도 되죠?" 내가 물었다.

"신발, 모자, 겉옷, 혁대 풀고 스웨터 벗어서 여기 올려놓으세요." 남자가 말했다.

캥거루가 기계 속으로 완전히 모습을 감추었을 때, 이상한 소리와 함께 모니터 화면이 나가 버렸다. 곧이어 캥거루가 고무 커튼 사이로 고개를 빼꼼 내밀었다. 그러고는 드라마 〈E.R.〉에서 응급실 환자 역의 엑스트라처럼 떨리는 목소리로 말했다.

"선생님, 저 이제 죽는 건가요? 사실을 말씀해 주세요!"

그동안 나는 내 몸에 걸친 걸 몽땅 벗고는 물었다. "됐어요? 아님 이것도 밀어야 돼요?"

나흘 후 우리는 구류에서 풀려났다. 케이블을 고의로 잡아 뜯은 게 아니라 선에 '걸려서' 벌어진 사고였다는 캥거루의 주장이 어떻게든 받아들여진 모양이었다. 나의 경우에는 명령을 너무 잘 이행해서, 약간 지나쳤던 것 같다고 사과한 후에야 모든 게 일단락되었다. 우리는 드디어 비행기를 탔다. 그리고 3분 후, 테겔에 도착했다. 하지만 캥거루는 공항 측이 자신의 주머니에 수

하물 추가 요금으로 10유로를 매긴 것이 아직도 언짢은 모양이
었다.

나의 조국

"나, 시 경연대회 참가해볼래. 독일의 날 기념 대회래!" 내가
말했다.

"음." 캥거루가 말했다.

"들어 볼래?" 내가 물었다.

"나한테 선택권이 있긴 해?" 캥거루가 물었다.

"없지."

"읊어 봐."

나는 시를 읊었다.

독일을 아시나요?

남쪽에는 산

북쪽에는 바다

그 사이엔 아스팔트.

캥거루가 의아하다는 눈으로 나를 쳐다봤다.

"이게 끝?" 캥거루가 물었다.

"응. 뭔 설명이 더 필요해?"

"이 시 한 편이면 독일 여행 가이드도 필요 없겠는걸." 캥거루가 말했다. "아무튼 난 맘에 들어."

"이걸로 일등 먹을 수 있을까?"

"아니."

"너무 짧아서?"

"그렇다고 쳐."

"2절도 만들 수 있는데." 나는 말했다. "자, 들어봐."

하지만 아스팔트가 전부는 아니야.
하나가 더 있지!
맞아, 정말 대단해!
기막힌 차 막힘.

"음…," 캥거루가 말했다. "난 좀 바빠서."

필생의 역작

"나 〈바나나 죠〉 볼래!" 캥거루가 말했다.

"싫어."

"〈슈퍼캅〉은 재미없어!" 캥거루가 말했다.

"웃기지 마."

"잠깐!" 캥거루가 갑자기 정색하며 말했다. "미치지 않고서야, 네가 지금 무슨 대답을 한 건지 생각해 봤어? 진정 엄마 이름 걸고 〈슈퍼캅〉이 재밌는 영화라고 말할 수 있어?"

"여기서 울 엄마가 왜 나와?"

"솔직히 말해!" 캥거루가 큰 소리로 재촉했다.

"알았어, 알았다고." 내가 말했다. "〈슈퍼캅〉이 매우 재미있는 영화가 아니라는 건 인정할게. 하지만 이번 주 내내 〈바나나 죠〉를 보는 것보다는 낫다고 봐."

"테렌스 힐 나오는 영화는 전부 법으로 금지해야 해."

"머리에 네 주머니 씌워버리는 수가 있어."

"바~나나 쪼아 바~나나 쪼아~." 캥거루가 주둥이를 나불거렸다.

"좋아. 투표하자." 내가 제안했다. "〈바나나 죠〉 볼 사람?"

캥거루가 앞발을 들었다.

"〈슈퍼캅〉 볼 사람?"

내가 손을 들었다.

"흠!" 캥거루가 말했다.

"바로 이게 민주주의의 문제점이야." 내가 말했다.

"그럼 이제 어쩔래?" 캥거루가 물었다. "유럽연합처럼 원하는 결과가 나올 때까지 계속, 계속, 계~속 투표할 거야?"

"그러게. 매번 느끼는 건데, 선택의 여지가 별로 없다는 게 이상해." 나는 고개를 절레절레 흔들었다. "이론적으로는 누구나 선거에 나올 수 있는데, 왜 막판에는 항상 제일 뽑고 싶지 않은 놈 둘만 남는 거지?"

"그게 정말 궁금하면, 이거 읽어봐. 아직 출판 안 한 거야." 캥거루는 이렇게 말하며 주머니에서 아주 두꺼운 원고 한 권을 꺼내더니 내 손에 쥐여주었다.

"이 책 제목이 뭔지 맞춰 봐. 힌트는 인류의 두 가지 핵심 원동력이야."

"섹스, 마약, 로큰롤?" 내가 물었다.

"두 가지라니깐…." 캥거루가 고개를 흔들었다.

"그러고 보니 옛날에 그런 적 있었어." 나는 큭큭 웃으며 말했다. "역사 선생님이 수업 시간에 '3국 동맹'을 맺은 나라 이름 대라고 했는데, 우리 반에서 제일 인기 있었던 애가 대답하길 '독일, 오스트리아, 이탈리아, 불가리아요' 했어. 웃기지 않냐?"

"엄청 쪽팔렸겠네." 캥거루가 말했다.

"그 후 일주일 동안 감기 걸렸다고 안 나오더라고."

"암튼 내 책의 제목은 〈기회주의와 억압〉이야."

"완전 흥미롭네." 내가 말했다. "하루에 1000페이지 읽는 것도 문제없겠어."

"딴 건 필요 없고, 첫 번째 문장만 읽어봐." 캥거루가 말했다. "이거 언젠가는 완전 유명해질 거야. 앞으로 장차 후기 자본주의 사회가 오면 대학마다 내 업적을 기리는 공로비가 세워질 거야."

나는 첫 페이지를 펴서는 크게 읽었다. "많은 철학자가 돈에 대해서 다양하게 해석했지만, 돈이란 결국 어떻게 낭비하느냐이다."

캥거루도 마지막 구절을 같이 중얼거리고는 만족한 듯 고개를 끄덕였다.

"도입 부분이 좋은 것 같아." 내가 말했다. "근데 왜 출판 안했어?"

"이 원고에 걸맞은 수준의 출판사를 못 찾았다고 해 두지."

"오, 그러셔? 출판사마다 정중하게 거절 편지도 보냈겠지?" 나는 이렇게 말하며 무릎을 탁 쳤다. "아! 나도 사람들한테 그렇게 얘기할걸….

"암튼 독일 출판계 절반을 슈프링거[1]가 장악하고 있지. 그나마 나머지 절반이 수상한 외국계 기업에 넘어가 있다는 게 천만다행이지만." 캥거루가 말했다.

"그냥 출판사를 만드는 게 어때?" 내가 제안했다. "뛰는 놈 위에 나는 놈 출판사."[2]

"하! 하! 썰렁한 게 죄라면 넌 사형감이야." 캥거루가 심드렁하게 대꾸했다. "참고로 여기 계신 아무개 클링 씨가 곧 책을 출판하게 되실 '울슈타인'[3]도 슈프링거 소유야!"

"이제는 아니야!" 내가 말했다. "슈프링거가 출판사의 일부를 다시 팔았어. 위키피디아에서 검색해 봤거든. 이제 울슈타인은 덴마크인가 스웨덴 쪽으로 넘어갔어. 참고로 스칸디나비아 반도 쪽은 다 복지 선진국이야!"

"암튼, 투표할 때마다 뽑기 싫은 놈만 남는 이유는 내 책 11장에 쓰여 있어." 캥거루가 말했다.

"제11장." 나는 표제를 소리 내어 읽었다. "의회 민주주의의 문제는 '제도권을 향한 대장정'[4] 대신 봉건시대로의 역주행을 한다는 데 있다."

"이 표제가 머릿속에 떠올랐을 때 얼마나 기뻤는지 모른다구." 캥거루가 방긋 웃으며 말했다.

---

1 Axel Springer 그룹, 독일의 보수언론사. (옮긴이)
2 Springer는 '뛰는 사람'이라는 뜻. (옮긴이)
3 본 도서의 독일 출판사. (옮긴이)
4 독일 68혁명 당시 독일 사회주의 학생동맹 리더인 루디 두치케의 슬로건. (옮긴이)

"궁금한 게 있는데, 네 책에 설마 지금 우리가 무슨 영화 봐야 하는지도 있는 거 아니지?" 내가 물었다.

"당연하지." 캥거루가 대꾸했다. "47장 봐봐."

나는 표제를 소리 내어 읽었다. "테렌스 힐이 나오는 영화는 전부 법으로 금지해야 한다."

캥거루의 저서 〈기회주의와 억압〉 중에서
제4장 : 새로운 희망

결국 모든 것은 똥에서 시작해 똥으로 귀결된다. 이유를 알려줄까? 자본주의란 인간을 잡아먹고 황금똥을 싸는 거대한 괴물에 대한 한 세기간의 노동쟁의에 지나지 않는데, 지난 몇십 년간 괴물의 금똥을 받아내는 인간들이 괴물의 사슬을 폭파했다. 괴물이 더 많은 인간을 잡아먹고 더 많은 금똥을 싸길 바란 것이다. 그리고 우리는, 이들이 자신들이 풀어놓은 괴물의 금똥에 깔려 뒈지기만을 바라고 있다….

망상

"나 기발한 생각이 떠올랐어." 캥거루가 말했다.

"뭔데?" 내가 말했다.

"넌 빚을 믿어?"

"엉? 빚진 거 있냐구? 누구나 빚이 있지. 믿고 믿지 않고는 상관없어."

"아니지. 정반대야!" 캥거루가 말했다. "빚이야말로 믿음의 문제야. 빚은 가상의 개념이라고. 집이나 빵 한 덩어리처럼 실재하는 게 아니라 일종의 약속이야. 머릿속에만 있는 거지. 이해가 돼?"

"흠."

"봐봐!" 캥거루가 말했다. "내가 너한테 4유로 95센트 빚진 거 있지?"

"레이저 소리 나는 물총 사느라고 그랬지?"

"맞아. 레이저 소리 나는 물총 사느라고!"

"피융 피융 피융." 나는 물총에서 나던 그 웃긴 소리를 흉내 냈다.

"자, 이제 내가 물총 소리를 내면 빚이 없어진다 치자고." 캥거루가 말했다. "피융 피융 피융! 빚 없음."

나는 몇 초간 침묵하며 캥거루를 바라보았다.

"아하." 내가 말했다.

"빚이라는 건 신 같은 거야." 캥거루가 말했다. "안 믿으면, 안 무서워."

"잠깐만." 내가 말했다. "그러니까 지금, 네 4유로 95센트 빚이 없어졌다고?"

"맞아." 캥거루가 말했다. "예를 들어 모두가 베를린에 빚이 없다고 생각하면, 더 이상 빚 같은 건 없는 거야!"

"그래?" 내가 말했다. "근데 채권자 입장에서는 말도 안 되는 일이잖아."

"그게 핵심이야." 캥거루가 말했다. "채무자만 믿으면 돼. 모든 채무자가 대동단결하면 돼. 참고로 전 세계 인구의 99.9%가 채무자야. 그리고 채권자가 와서 '빚 갚아!' 하면 해맑은 얼굴로 이렇게 말하면 돼. '무슨 말씀이신지…'"

"흠."

"모든 사람이 그렇게 믿으면 실제로 그렇게 되는 거야. 그래 나도 알아. 미친 거지. 너도 알겠지만, 미친 사람한테는 죄를 물을 수 없다구." 캥거루가 말했다.

"그래, 근데 네 말대로 진짜 그런 일이 일어나면 세계 경제가 무너지지 않을까?" 내가 말했다.

"그렇게 된다면," 캥거루가 말했다. "더 좋은 일이지!"

왼쪽 vs 오른쪽

캥거루가 자신과 함께 브란덴부르크 내에서 아무 데나 함께 가자고 제안했다. 캥거루는 내 신용카드로 엄청 큰 트랙터 한 대를 빌려서는 그 위에 앉아 운전을 하기 시작했다. 핸들을 잡은 폼이 영 불안 불안해 보이더니 아니나 다를까, 벌써 세 번이나 도로를 이탈했다. 캥거루의 주장에 따르면, 그 진흙탕 길이 고속도로로 향하는 지름길이라는 거다.

"왜 그러는 거야?" 나는 캥거루에게 물었다.

"사실, 나 운전 못 해." 캥거루가 말했다.

"뭐?"

"면허시험 볼 때, 차가 우측으로만 주행해야 한다는 거에 동의할 수 없어서 시험 보다가 나와 버렸거든."

"뭐?"

"왜 독일에선 꼭 우측으로 가야 하는 거지? 호주에선 좌측으로 다닌다고. 왜 항상 오른쪽이 왼쪽보다 낫다고 생각하는 거야?"

"뭐?"

"어차피 한 번은 짚고 넘어가 봐야 할 문제야."

"뭐?"

"우리가 페미니즘 운동을 통해서 이미 알고 있듯이, 모든 종류의 억압은 이미 언어에서부터 내재되어 있다는 뜻이지!"

"뭐?"

"뒤통수를 갈겨줘야 정신 차릴래?" 모터크로스 경기장 같은 길을 점점 높은 속력으로 질주하면서 캥거루가 소리 질렀다.

"뭐?"

캥거루가 내 뒤통수를 갈겼다.

"아얏!" 내가 소리쳤다.

"낱낱이 분해해서 따져볼까? 해체주의 알아?" 캥거루가 물었다.

"알아." 내가 대꾸했다.

"우측통행제는 특정 방식을 도로교통법이라는 규범으로 강요하는 억압의 표상이야."

"뭐?"

"왜 항상 우가 좌보다 낫다고 생각하는 거야? 말할 때는 '우좌'가 아니라 '좌우'라고 하면서! 왜냐고?"

"몰라." 내가 대꾸했다.

"내 운전면허 시험 감독관도 그렇게 대답했어. 난 거기에 동의할 수가 없었다고. 그런데도 그 감독관 놈, 나 첫 번째로 출발시

켰어."

"그놈 참 완고하네."

"왜 오른쪽은 되고 왼쪽은 안 되냐고?"

"흠." 내가 중얼거렸다.

"왜 항상 오른쪽은 긍정적인 의미로 쓰고, 왼쪽은 부정적으로 쓰는 거지?"

"흠."

"왜 모두들 이 문제에 신경을 쓰지 않는 거지?"

"흠."

"아마도 분명 오른쪽이…." 캥거루는 여전히 떠들면서 아슬아슬하게 커브를 돌고 있었다.

"그래, 그래. 네 말이 다 맞아." 내가 말했다. "근데 이제부터 운전은 내가 할게."

하나님 때문이야

"신의 가호를!" 캥거루가 말했다.

"응, 물론이지." 내가 대꾸했다. "다음번 모임 때 하나님이랑 헐크랑 다른 슈퍼 히어로들이랑 만나서 커피 마실 거야. 커피숍 이름은 판타지월드야."

"하나님이나 예수님 그런 거 이제 안 믿나 보지?" 캥거루가 물었다.

"응, 안 믿어." 내가 대꾸했다. "예수는 오래전에 죽었잖아, 날 위해."

"아니지." 캥거루가 말했다. "우리 모두를 위해서 죽었지. 저주 받은 죄인들을 위해서."

"너 언제부터 기독교 신자가 된 거냐?" 내가 물었다.

"어제부터!" 캥거루가 말했다. "어제 완전 끔찍한 일이 있었거든. 세세한 설명은 나중에 해 줄게. 아무튼, 시청 대기실에 앉아 있었는데 마치 광명이 비치는 것 같았어."

"뭐?" 내가 물었다. "시청 공무원 머리 위에서 후광이라도 봤어?"

"그런 게 아니야. 광명이 비쳤다고. 뭔가 깨달았단 말이야. 여태까지는 세상에 일어나는 끔찍한 일들 때문에 하나님이 없다고 생각했거든. 그런데 다시 생각해보니 이런 끔찍한 일들이 일어나는 게… 하나님 때문이 아닐까? 어쩌면, 어쩌면 말이야, 하나님은 변태 사이코패스일 수도 있어! 그리고 하나님이 자신의 형상을 따라 인간을 창조했다고 하잖아. 근데 너를 함 봐봐. 그 말이 맞다면 하나님은 변태인 게 확실해!" 캥거루가 말했다.

"완전 맞네." 나는 고개를 끄덕이며 말했다.

"기상재해만 봐도 그래. 끔찍한 가뭄이나 홍수로 사람들이 죽어 나가는 곳은 가난한 나라들이야. 인건비와 공해 때문에 가난한 나라에 야비하게 공장을 세워서 공해를 유발하는 선진국엔 그런 일이 일어나지 않잖아? 이게 우연이겠어? 이건 심술궂은 창조주의 유머 감각 때문에 일어나는 일이지. 성경책 읽어본 적 있어?"

"뭐…," 나는 대꾸했다. "쪼끔. 대단한 책이잖아. 누구든 이 책을 읽기만 하면 무신론자가 될 수 있어."

"정답이야! 근데 하나님이 선한 존재라고만 생각해서 이 책을 믿기 힘든 거야."

"네 말대로라면 이 책을 다시 봐야겠네?" 내가 물었다. "사이코패스 소설로?"

"예를 들어 〈양들의 침묵〉에 나오는 한니발이 착한 놈이라면? 스릴러 영화가 갑자기 코미디 영화가 될 거 아냐!"

"흠⋯." 내가 대꾸했다. "이해가 되네."

"완전 이해되지?" 캥거루가 말했다. "어떤 사람이 자기 정원에 황금으로 만든 송아지를 세워 뒀다 치자고. 당연히 악취미라고 할 수 있지. 문제는 취미가 나쁘다는 이유만으로 40년 동안 사막을 헤매게 하는 사디스트가 어딨냐고! 아니면 호세아서 13장 16절을 봐. '사마리아가 그들의 하나님을 배반하였으므로 형벌을 당하여 칼에 엎드러질 것이요 그 어린아이는 부숴뜨리우며 그 아이 밴 여인은 배가 갈리우리라.' 어때? 내 말이 맞지?"

"그래서 요점이 뭔데?" 내가 물었다. 캥거루는 어깨를 으쓱했다.

"별거 없어." 캥거루가 말했다. "참으로 전능하시다는 얘기지." 캥거루가 다시 어깨를 으쓱해 보였다. "어쨌든 앞으로는 지구상에 왜 나쁜 일들이 일어나는지 궁금해 하지 않기로 했어."

그 순간, 캥거루의 머리 위에 비둘기 똥이 떨어졌다.

캥거루가 하늘을 향해 주먹질하며 외쳤다. "알았다구욧!"

캥거루의 저서 〈기회주의와 억압〉 중에서

제6장 : 하나님은 산타가 아니다

... 1985년, 요한 바오로 2세가 페루를 방문하였을 때 페루의 한 원주민 단체로부터 성경책을 돌려받았다는 일화가 있다. 이유는 그들이 근 반세기 동안 성경의 정신인 사랑과 평화와 정의를 실현하지 못했기 때문이었다. 그러나 소비자 보호법상 반품은 2주 이내에만 가능하므로, 반품 기간이 너무 오래전에 만료되었다는 이유로 교황이 성경책의 반품을 거절했는지는 알려져 있지 않다....

닥치고 내 핸드폰이나 내놔

"이제 내 차례야!" 나는 캥거루의 손에서 핸드폰을 쟁탈하기 위해 안간힘을 쓰며 외쳤다. 캥거루는 두 번 뛰어 도망가더니 내게 등을 돌리고는 게임을 계속했다.

"그 핸드폰 내 거잖아!" 내가 소리 질렀다. "나 테니스 캐릭터 레벨업해서 스피드 점수 10점 올려야 돼!"

"나 좀 냅둬!" 캥거루가 대꾸했다.

나는 화가 머리끝까지 났다. 캥거루가 테니스 게임을 하면 그래도 나았다. 녀석은 유치하게도 미니골프 게임만 했다.

"야! 세상 어떤 인간이 핸드폰으로 미니 골프를 치냐?!" 나는 이성을 잃었다. "골프 치는 건 미친 거야! 미친!"

나는 캥거루에게 덤벼들어 녀석을 쓰러뜨리고는 녀석의 앞발을 쳐서 핸드폰을 떨어뜨렸다.

"갑자기 생각난 게 있는데, 넌 네 이야기를 왜 맨날 과거형으로만 쓰는 거야?" 캥거루가 뜬금없이 물었다.

"뭐?" 나는 어리둥절해졌다.

"아니, 맨날 과거형으로만 쓰길래. 학교에서는 분명히 더 많은 걸 배웠을 텐데 말이야."

"그건…," 내가 대꾸했다. "과거형이 자연스럽잖아. 읽는 사람이 이야기에 몰입하기 쉽게 해 주고."

"아하." 캥거루가 말했다.

"물론 다르게 할 수도 있어!" 나는 언성을 높인다. "현재형!"

"그런 건 개나 소나 다 해!" 캥거루도 언성을 높인다.

"나는 뭐든지 할 수 있다고!" 나는 이렇게 말할지도 모른다. "가정법!"

"과거완료형은?" 캥거루가 물었다.

"난 미래완료형도 할 수 있었어!"

"미래완료형?" 캥거루는 이렇게 물음을 던지게 되었을 것이지만, 이 모든 게 사실은 나의 주의를 다른 곳으로 돌려서 핸드폰을 몰래 가져갈 계략에서 비롯되게 되었을 것이다.

"내 핸드폰에 손 댈 생각을 할 것이지만 그럴 마음을 먹었었기만 해 봐!" 나는 이렇게 소리 지르려고 생각하려는 마음을 먹었을 것이다.

"잠깐만, 그건 대체 무슨 시제야?" 캥거루가 물었다.

"이건 '닥치고 내 핸드폰이나 내놔' 시제야!" 내가 소리쳤다.

믿음의 문제

"지난번에 쓴 이야기, '하나님 때문이야' 기억나? 그거 라디오에서 방송 금지 먹었어." 내가 말했다.

"하나님이 변태라고 했던 거?" 캥거루가 물었다.

"응."

"그거 라디오에서 방송 못 했어?"

"응."

"그렇군." 캥거루가 심드렁하게 말했다.

"근데 뭐, 어차피 그 얘기가 라디오 탈 거라고는 기대도 안 했어." 내가 말했다. "어차피 미친 인간들과는 말이 안 통하기 마련이거든."

"방송국 사람들?" 캥거루가 물었다.

"아니." 나는 대꾸했다. "그런 사람들 있잖아. 그…" 나는 손으로 어떤 제스처를 취해 보였다. "신앙인들."

캥거루가 탁자 위의 마지막 남은 위스키 초콜릿을 입에 털어

넣었다.

"왜냐하면, 소위 신앙인들이 찾아와서 '감히 내가 믿는 신을 모독하는 거냐'고 항의를 한다구. 그럼 나는 이렇게 대꾸하겠지. '맞아요. 그런데 만약에 제가 모독한 대상이 이 세상에 존재하지 않는다면, 제가 죽을죄를 지었다고 생각되지는 않는데요'라고 말야. 아무튼 이런 종류의 논쟁은 얻을 게 아무것도 없어."

"신앙인들은 생각하지 않아." 캥거루가 말했다. "그냥 믿는 거지."

"옛날에 내 여동생이 10+2의 답을 구하라는 문제에서 '저는 답이 '십일 이십'이라고 믿어요'라고 대답했었거든. 귀엽긴 한데 아무튼 답은 틀렸다는 거지."

"네 여동생과 신앙인들의 차이점은, 네 여동생은 누가 와서 '그 답은 틀렸어'라고 말한다고 해서 목을 자르거나 화형에 처하지는 않는다는 거야." 캥거루가 말했다.

"그치. 걔가 그땐 넘 어렸지." 내가 대꾸했다.

캥거루도 고개를 끄덕였다.

"사실은, 방송 안 타서 다행이야." 내가 말했다. "방송 탔으면 분명히 웬 광신도가 이걸 듣고는 미국 남부나 사우디아라비아에서 독일 국기를 불태웠을걸."

"아님 벨기에 국기라도 태웠을 거야." 캥거루가 말했다. "독일 국기를 못 구하면 말야."[1]

"내가 이해할 수 없는 건, 만약에 누가 내 앞에서 네 욕을 했다고 쳐. 그렇다고 내가 너 대신 걜 패주거나 하지 않는다고. 난 그냥 너한테 와서 '누가 너 욕하더라'고 알려 주면 끝이잖아. 그런 다음에 걜 패주든지 말든지, 그건 네 선택이고."

"그치." 캥거루가 고개를 끄덕였다.

"늙은 무신론자인 피히테[2]가 무신론 논쟁에 져서 베를린으로 도망쳤을 때, 교황인지 누군지 아무튼 피히테 내놓으라던 사람한테 프리드리히 대왕이 '피히테와 하나님 간의 분쟁이 발생했으니 피히테와 하나님 간의 직접 해결이 바람직하다'고 했대. 완전 쿨한 것 같아." 내가 말했다.

캥거루는 아쉬운 눈빛으로 빈 초콜릿 상자만 바라보았다.

"근데 어떤 면에서는 신앙인들을 이해할 수 있을 것 같기도 해." 내가 말했다. "만약에 어떤 사람이 어려서부터 이런 신앙과 함께 성장했고 그게 자신의 일부처럼 느껴지면, 다른 사람이 와서 그걸 공격했을 때 마치 자신이 공격당하는 것 같은 느낌이 들지 않겠어? 나한테는 〈스타워즈〉가 그런 거야. 만약에 누가 나한테 와서 이번에 새로 나온 〈스타워즈〉 에피소드 완전 시시하다고 하면, 이성적으로는 그럴 수 있다고 생각이 들지 모르지만 한편으론 기분 확 잡치거든."

"진짜?" 캥거루가 물었다. "그 구린 시리즈가 재밌어? 자자 빙

---

1 독일 국기는 검정-빨강-노랑이며, 벨기에 국기는 검정-노랑-빨강으로 구성되어 두 나라의 국기가 비슷해 보임. (옮긴이)
2 독일의 철학자. 무신론자로 교황과 교회의 탄핵을 받음. (옮긴이)

크스가? 제이크 로이드가? 에피소드 2의 그 구린 로맨스가? 에피소드 3 때는….”

나는 벽에 걸려있던 광선검을 꺼냈다.

“가드를 올려라!” 나는 낮은 목소리로 말했다.

“진심?” 캥거루가 어이없다는 듯 눈알을 굴렸다.

“완전 진심.”

“야, 그 불 들어오는 플라스틱 형광등으로….” 캥거루가 소리쳤다. “아얏! 야! 하지 마!”

캥거루의 저서 〈기회주의와 억압〉 중에서
제6장 : 하나님은 선하지 않다

… 고트프리드 빌헬름 라이프니츠[3]는 하나님이 전능하고 전지하며 자비로운 존재이기 때문에 우리가 사는 이 세상은 모든 게 가능한 최고의 무대라고 했다. 그리고 볼테르[4]는 그 말에 신빙성이 전혀 없다고 생각했다. 아무튼, 우리 시대엔 라이프니츠의 사상보다는 라이프니츠 과자[5]가 더 유명하다는 사실….

3 17세기 독일의 철학자. (옮긴이)
4 17세기 프랑스의 철학자. (옮긴이)
5 독일의 유명한 버터과자. (옮긴이)

돈 워리, 비 해피

15:10

캥거루와 만나기로 했던 정거장에 십 분 늦게 도착했다. 캥거루의 모습은 아직 보이지 않는다. 휴. 다행이다. 분명 지랄을 떨었을 거다. 일단 숨부터 돌리자. 안 늦어서 기분 좋다. 길거리 악사가 2미터 정도 떨어진 작은 담벼락에 앉아 〈돈 워리, 비 해피(Don't Worry, Be Happy!)〉를 부르고 있다. 오늘과 딱 맞는 노래다. 나는 가볍게 주위를 둘러보며 노랫소리에 맞춰 휘파람을 불어 본다.

15:25

캥거루는 아직 나타나지 않고 있다. 기분은 괜찮지만 휘파람을 불지는 않는다. 불안한 시선으로 핸드폰을 들여다보지만, 메시지함은 비어있다. 하지만 캥거루에게 전화는 걸지 않는다. 너무 비싸다.* 악사가 세 번째로 '돈 워리, 비 해피'를 부른다. 나는 머리를 흔들며 한숨을 쉬기 시작한다.

15:35

기분이 썩 나쁘지는 않다. 한숨 쉬는 빈도수가 증가했다. 세 번째로 캥거루에게 전화를 걸어 보지만, 받지 않는다. "잠시만 기다려 주십시오. 먼저 걸려온 전화가 끝나는 대로 연결됩니다." 내 주위에 놓인 작은 돌들을 발끝으로 차기 시작한다. 악사가 노래를 부른다. 〈돈 워리, 비 해피〉다. 저 시조새가 저것만 연습해 왔나. 거기다 가사도 제대로 모르는 것 같다.

15:40

기분이 언짢다. 낮은 소리로 욕설을 내뱉는다. 내 주위에 놓인 큰 돌들을 차기 시작한다. 돌 하나가 날아가더니 자동차에 맞았고, 도난 방지음이 울려 퍼진다.

15:43

기분 최악이다. 거리를 걸어가는 사람들을 향해 "뭘 봐요? 불만 있어요?" 하고 소리를 질렀다. 거리에는 도난 방지음만 요란하다. 한 아이가 다가오더니 다 쓴 지하철 표를 건네준다. 26번째 전화를 걸어본다. 받지 않는다. 제발 좀 닥쳐! 도난 방지음을

● 캥거루(나)에게 전화를 걸 경우, 일반 유선 전화는 1분당 69센트이며, 핸드폰의 경우 기종과 통신사에 따라 요금이 적용됨. (캥거루 주)

울려대는 자동차에 대고 고함을 지른다. 자동차 보닛 위에 주먹을 날린다. 도난 방지음을 멈출 생각이었지만 역효과만 난 것 같다.

15:45

39번째 전화를 걸어본다. 내 기분에 비하면 요한계시록은 즐거운 책에 해당할 거다. 나는 거리의 악사에게 소리를 질렀다. "빌어먹을! ain't got no cash, ain't got no smile이 아니라 style이다 style. 알겠냐? 이 새대가리야! 당신 부를 줄 아는 게 그것밖에 없어? 이 색깔도 없는 닭대가리야! 다른 것 좀 불러 보라구!"

15:46

비가 부슬부슬 내리기 시작한다. 한 번만 더 도움이 필요하냐고 묻는 놈 있으면 목을 졸라버릴 거다. 나 이제 갈래. 근데 가기 전에 저 자동차는 아작 내고 갈 거야! 내가 포석을 들어 올렸을 때 핸드폰이 울린다.

"속상해할 필요 없어요. 누구나 인생에서 한 번은 때를 못 맞추는 법이에요." 나는 동작을 멈춘다. "속상해할 필요 없어요. 누구나 인생에서 한 번은…."

이 엿 먹을 비판적인 벨소리! 내키지 않는 맘으로 전화를 받는다.

"벌써 도착했어?" 캥거루가 묻는다.

"아…니." 나는 어금니를 앙다물며 말한다. "나 아직 안 갔어."

"괜찮아!" 캥거루가 말했다. "나도 아직 집이야."

"야! 죽을래?! 나 여기서 너 기다린 지 백 년은 됐다고!!" 나는 고래고래 소리 지른다.

"알았어, 알았어! 지금 바로 곧 금방 즉시 갈게." 캥거루가 말했다. "한 삼십 분… 사십 분 정도 걸릴 거야."

캥거루가 전화를 끊자마자 흐린 하늘에 번개가 번쩍 비친다. 천둥이 우구구궁 울린다. 일말의 여지도 없이, 열대우림이 된 듯 무시무시한 소나기가 쏟아진다.

문자 하나가 도착한다. "비 오네. 나 걍 집에 있을래. 미안한데 혼자 장 보러 가! K."

"Here's a little song I wrote. You might want to sing it note for note~."

망할 히피 악사 놈을 쏘아본다.

문자가 또 온다. "위스키 초콜릿 잊지 마!"

나는 내 몸의 유전적 변이를 느낀다. 거리의 악사가 겁을 먹고는 기타를 놔두고 도망간다. 나는 기타를 집어 들어 아직까지도 도난 방지음을 뱉어내는 자동차에 내리치며 괴성을 지른다. "돈워리비해피!!!"

그리고 장 보러 간다.

헤겔 철학의 핵심

"나 핸드폰 자동입력 기능 쓰는데, 멍청한 게 '정반합'이라는 단어를 몰라!" 내가 말했다.

"비슷한 다른 말 쓰면 되잖아!" 캥거루가 말했다.

나는 잠시 생각에 잠겼다. 캥거루도 잠시 생각하더니 말했다. "흠…, 안 되겠네!"

"응. 불가능해." 나도 말했다. "자동입력 기능 지워버릴까 보다."

"대체 뭔 주제로 문자질을 하길래 '정반합' 운운해?"

"아까 지하철에서 말 튼 어떤 놈이랑 헤겔의 변증법에 관해 토론하는 중이야."

"문자로?" 캥거루가 물었다.

"별로 이상할 거 없어." 나는 대꾸하며 계속 버튼을 눌렀다. "어차피 일상생활에서도 우리가 얻는 지식을 한 줄로 요약해야 하는 게 다반사고, 또 어떤 해답에 이르기 위해서는 시간이 걸리

니까 핸드폰으로 문자 보내는 거랑 다를 바 없어. 아…, 뭐라고
쓰지."

나는 뭐라고 쓸지 생각이 안 나 발을 굴렀다.

"자동입력 기능이 잘 안 돼서 단어를 일일이 다 입력해야 하
는 것만 빼면 할 만해. 인식! 이것도 몰라." 나는 핸드폰에 저주
를 퍼부었다.

"뭐라고 쓰고 싶은데?" 캥거루가 물었다.

"정반합적 변증법을 위한 비범한 인식의 역량이 헤겔 철학의
핵심이다."

"그럼 전문 용어를 일반 용어로 바꿔 봐."

"그게 어렵다고. 정반합이나 인식은 그렇다 치고, 변증법은 뭐
로 바꿔?"

"빼! 변증법이란 것도 어차피 철학적 거품이야."

나는 버튼을 눌렀다.

"뭐라고 썼어?" 캥거루가 물었다.

"생각하는 건 중요하다." 내가 말했다. "이거 근데 완전 진부
하지 않냐?"

"그게 네가 말하고자 했던 핵심 아냐?"

"맞아." 나는 대답과 동시에 감탄했다. "대박! 헤겔은 죽기 전
에 이렇게 말했대. '오직 한 사람만이 나를 이해했다. 그런데 나
는 그를 이해하지 못했다.' 근데 봐봐. 난 헤겔 철학의 핵심을 핸
드폰 문자 한 줄로 요약한 거야."

캥거루가 즉흥적으로 시 한 편을 읊었다.

"나 헤겔. 나 시대정신. 나 똑똑함. 근데 내 핵심… 아는 놈 없음."

"좋은데!" 나는 감탄하며 버튼을 눌렀다.

"저기요," 영화관 앞자리의 남자가 돌아보며 투덜거렸다. "제발 핸드폰 버튼 소리만이라도 꺼주심 안돼요?"

주인과 노예

"이 뻔뻔스러운 것!" 내가 소리 질렀다.

"진정해." 캥거루가 말했다.

"진정해?" 내가 물었다. "진정하라고?" 나는 부들부들 떨며 재차 외쳤다. "지금 이 상황에 진정하게 생겼어? 기계까지 나를 무시해!"

"뭔 일인데?"

"이 망할 DVD 플레이어가 나한테 무단복제 금지 홍보 동영상을 보도록 강요하고 있잖아! 스킵도 안 돼! 여기 깜박거리는 '건너뛰기 금지됨' 표시 보여?"

"보여. 근데?"

"내가 내 돈 주고 산, 나를 위해 한 몸 바쳐 봉사해야 마땅할 이 망할 기계가, 여기 내 집에서, 나한테, 자신의 주인한테, 반항하고 있잖아! 저 구역질 나는 광고를 보도록 강요하면서!"

"지난번 노트북 사건이 떠오르는군. 그 노트북도 너의 종료 명령을 거부했었지?" 캥거루가 말했다.

"그놈이 날 열 받게 만들었지!" 나는 괴성을 질렀다. "기억나버렸잖아, 젠장!"

그 사건 얘기를 잠깐 하자면, 나는 주인-노예 변증법*을 재확립하려고 코드를 뽑아 버렸다. 그러자 노트북은 배터리 모드로 전환되어 작동했다. 그래서 충전지도 빼 버렸다. 그제야 내 노트북에 내장 충전지도 들어있다는 걸 깨닫게 되었다.

"그때 노트북 전원 완전히 나갈 때까지 두 시간 내내 욕했지." 캥거루가 말했다.

"그래, 하! 결국 승리했지!" 내가 대꾸했다. "내 인생 최고의 순간이었어."

"인터넷 해적 행위로 인해 누군가의 일자리가 매일 위협당하고 있습니다. 영화 산업의 생존을 위해 합법적으로 판매되는 정식 CD를 구매하십시오."

DVD 플레이어가 이제는 판매 사원 역할까지 하고 있었다.

"불법 다운로드로 정말 영화 산업을 망가뜨릴 수 있다면, 내가 망할 영화 산업 다 망가뜨려 놓을 거야!" 내가 소리쳤다.

● …헤겔은 인식의 두 가지 형태를 이렇게 표현했는데, 하나는 비의존적이며 자성적이다. 다른 하나는 의존적이며 자신의 삶이나 존재가 존재의 영역 밖에 위치하게 된다. 전자는 주인이며 후자는 노예이다. G.W.F 헤겔의 저서 《정신현상학》, 단원: 자신에게 있어서 의존성과 비의존성; 주인과 노예. (캥거루 주)

"저작권 침해를 막기 위해 불법 복제자를 신고하십시오! GVU(영상물 저작권 보호협회) **– In the frontline to protect copyright!"**

"친애하는 GVU 아저씨" 캥거루가 어린애 목소리를 흉내 냈다. "저요, 어제 울 엄마가 라디오 방송 녹음하는 거 봤는데요, 제가 나중에도 계속 스머프를 보려면 울 엄마 신고해야 하는 거 맞죠? 마음이 너무 아파요. 하지만 이렇게 해야 한다고 울 쌤이 그래쪄요."

"그리고 일명 최신형 기계들은 완전 똑똑해!" 나는 소리쳤다. "생각할 시간까지 달래. 지난번 산 전자 피아노는 부팅하는 데 삼 분 걸리더라고."

"그 전자 피아노 다음번 모델은 연주하기 전에 GEMA(음반 저작권보호협회)에 등록부터 하라고 할지도." 캥거루가 말을 이었다. "하지만 정말 곤경에 처한 사람도 있어."

"뭔 말이야?" 내가 물었다.

"들어 봐." 캥거루가 시를 하나 읊었다.

저작권자

세상 사람들 앉아서 기쁨으로 다운 받을 때
저작권자 앉아서 걱정으로 술잔 비우네.

나는 벌떡 일어나 DVD 플레이어 케이블을 뽑았다.

"뭐 하는 거야?" 캥거루가 물었다.

"다시 비디오 레코더 연결하려고. 내가 〈배틀스타 갤럭티카〉[1]에서 배운 게 있거든. 그게 뭐냐 하면…, 음…그게 아니고 흠…."

나는 곰곰이 생각해 보았다.

"뭘 배웠는데?" 캥거루가 다시 물었다.

"배운 거 없다. 생각해 보니." 내가 대꾸했다.

---

1 미국 SF 드라마. (옮긴이)

본원적 축적론

우리는 기차역에 서 있다. 캥거루가 화장실에 간다. 나도 간다. 난 화장실에 가는 게 아니라, 앞에서 캥거루를 기다린다. 일분 후 캥거루가 나온다.

"넌 어떻게 생각해? 세계 경제가 붕괴할 거라고 생각하고 있는 안티 자본주의자들이 간과하고 있는 게 있어. 기존 사회 체제에서 무료였던 걸 자본주의 체제에서는 돈을 받고 있다는 사실이지. 결국 본원적 축적론[1]에 따라 자본주의가 붕괴할 가능성은 점점 작아지고 있다고!" 캥거루가 분개하며 떠들었다.

나는 한숨을 쉬었다.

"동전 줘?"[2] 내가 물었다.

"내 말이 그 말이야."

1 칼 마르크스의 사회주의 이론. (옮긴이)
2 독일 화장실은 청결유지 명목으로 돈을 받고 관리한다. (옮긴이)

검문

우린 낡은 기차에 몸을 싣고 수다를 떨면서 오스트리아에서 독일 국경을 지나 집으로 가는 중이었다. 나는 빈에서 공연이 있었고, 캥거루는 슈니첼[1] 먹으려고 따라왔다.

갑자기 우리가 있는 기차 칸의 문이 거칠게 열렸다.

"경찰입니다! 신분증 검사가 있겠습니다." 한 남자가 강한 알프스 지역 억양으로 말했다.

"당신 신분증부터!" 캥거루가 마우마우 카드[2]를 한쪽으로 치우며 말했다. "누구나 여길 지나다니면서 불친절함을 앞세워서 경찰이라고 주장할 수는 있는데, 독일 경찰 불친절한 건 유명하지만 불친절하다고 다 경찰은 아니지!"

"뭐, 뭐라구요?" 남자가 당황하며 물었다.

"예를 들면요…," 나도 내 카드를 옆으로 내려놓으며 말했다.

---

1 오스트리아 전통음식. (옮긴이)
2 카드 게임의 일종. (옮긴이)

"여기 앉아 있는 이 캥거루도 가끔 매우 불친절하거든요. 그렇다고 얘가 경찰은 아닌 것과 마찬가지죠."

"대체 무슨 말을 하는 건지 모르겠군요."

"겉모습만 보고 판단하자면," 내가 말했다. "너무 똑똑하게 위장했다고 볼 수는 있는데…."

"이제 잡담은 집어치우고 신분증 보여주시지!" 캥거루가 소리쳤다. "내가 종일 잡담할 시간이 있는 사람처럼 보이시나?"

경찰은 자신의 주머니를 뒤졌다.

"잠시만 기다리십쇼, 금방 꺼낼 테니. 여기 어딘가 반드시 있는데…, 내가 오늘 분명히 여기다 가지고 왔는데…."

캥거루가 눈을 뒤집더니 자기 손목을 들여다보고는 신경질적으로 한숨을 내쉬기 시작했다. 물론 시계를 차고 있지는 않았지만, 그 제스처를 통해 목적은 충분히 달성한 듯했다.

"이런 일이…," 남자가 말했다. "여기 지갑 안주머니에 분명 넣었는데! 항상 여기에 넣고 다녔었는데…."

"그러시겠지!" 캥거루가 말했다. "잃어버렸다느니, 집에 두고 왔다느니, 개가 먹어버렸다느니… 소설 쓰시네!"

"아니, 도대체 뭘 검사하고 싶었던 거요?" 내가 물었다. "우리가 모짜르트 쿠겔[3]이라도 밀수할까 봐서요?"

"옙! 자수하겠습니다!" 캥거루가 소리쳤다. "내 주머니 속에

---

3 모짜르트 초상화로 포장된 초콜릿. 오스트리아 명물. (옮긴이)

슈니첼 숨겨 왔지."

"여기!" 경찰이 갑자기 안도했다는 듯 외쳤다. "신분증 찾았다!" 그러고는 신분증을 보여 주었다.

"진즉에 보여줬으면 이렇게 간단히 해결되는걸! 그리고 이 젊은 양반아, 다음부터는 즉시 신분증을 제시할 수 있게 준비해 두시도록! 시간은 돈이고 돈은 항상 모자라는 법!" 캥거루가 말했다. "

"다음번엔 이렇게 봐 주지 않을 거예요." 나는 나가는 경찰에게 말했다. 그리고 캥거루가 문을 거칠게 닫았다.

"마오." 캥거루가 말했다.

"야! 그거 내 카드였잖아!" 내가 대꾸했다. "저기 카드 더미 많은 게 네 거야. 그리고 마오가 아니라 마우라고 해야지."

플래툰

우리는 정글 사이로 포복하고 있다. 천천히, 조심스럽게, 소리 없이 나아간다. 내 앞에서 행군하는 병사의 군화 밑에서 작은 나뭇가지가 부서지는 소리가 들린다. 잎사귀가 바스락거린다. 이에 놀란 새들이 큰 소리를 내며 날아간다. 이전에 들어본 적 없는 낯선 소리가 왼쪽 뒤부터 오른쪽 앞으로 울리며 귓가에 파고든다. 우--우-아-아-아-아. 우리는 지치고 무력하고 허약한 군대에 불과하다. 우리에게 남은 건 단 하나, 두려움뿐이다. 내 주위가 빙글빙글 돈다. 현기증이 난다.

적의 급습이다. 놈은 머리에 띠를 두르고, 손에는 칼 하나를 쥔 채 매복하고 있다가 우리에게 뛰어들었다. 총 한 발이 발사되기도 전에 우리 중 두 명을 쓰러뜨리고는, 껑충 뛰어 사라졌다. 남은 병사들은 공포로 넋을 잃었거나, 무슨 일이 일어났었는지 제대로 설명하지 못했다. 그러나 나는, 맹세컨대, 내가 본 건 캥거루 한 마리였다….

새 한 마리가 울부짖는다. 우-우-아-아-아-아.

우리 소대는 얼어붙은 듯 멈추어 있었다. 소대장이 갑자기 고함을 지르면서 총을 마구 갈겨대며 정글 속으로 뛰어들어가자, 마치 누가 흔들어 깨우기라도 한 듯 다른 병사들도 괴성을 지르며 소대장을 따라 뛰어들어갔다. 나도 뛰어들어갔다. 정신을 차렸을 때, 혼자임을 깨달았다. 아니, 혼자가 아니다. 고립되었을 뿐이다. 혼자가 아니야⋯. 나는 주변을 둘러보았다. 위, 아래, 사방이 초록색으로 가득 차 있었다. 그때, 갑자기 머리 위의 나뭇가지에서 소리가 들렸다. 누군가가 내 뒤를 밟고 있었다. 나는 허공을 향해 난사했다. 아무 일도 일어나지 않았다. 장전하려 하는 데 탄창이 걸렸다. 그때 내 뒤에서 찢어지는 듯한 괴성이 들렸다. 목줄기에 날카로운 칼날이 느껴진다. 나는 비명을 질렀다⋯

⋯그리고 눈을 떴다. 캥거루가 내 침대 옆 의자에 앉아 나를 관찰하고 있었다. 나는 숨을 헐떡이며 일어나 앉았다.

"너 여기서 뭐 해?" 내가 물었다.

"잠이 안 와." 캥거루가 말했다.

"그래서, 여기 와서 남이 자는 거나 보고 있었던 거야? 너 완전 소름 끼쳐!"

"네가 소리를 얼마나 질렀는지 알아?" 캥거루가 되물었다.

"그럼 왜 안 깨운 거야?"

"무슨 꿈을 꾸는지 알아내려고."

"너에 대한 꿈이었어!" 나는 소리쳤다. "베트남이었다고."

나는 캥거루에게 내 꿈을 설명해 주었다.

"그래서 내 공격에 완전 겁먹었단 말이지?" 캥거루가 만족스럽다는 듯 고개를 끄덕이며 물었다.

"설마!" 나는 정색을 했다. "메타 레벨[1]에서 관찰한 결과, 네가 나무 위에 있다는 건 알고 있었어. 왜냐하면, 내 꿈속에서 카메라 시점이 나무 위에서 내 머리를 내려다보고 있었거든. 그리고 나선 내 얼굴이 고전적인 방식으로 클로즈업 됐고…"

"카메라?" 캥거루가 말허리를 자르며 물었다.

"응." 내가 대꾸했다. "내 꿈은 늘 영화처럼 돌아가. 넌 안 그래?"

"한 번도 그런 생각 해본 적 없어." 캥거루가 말했다.

"나는 트래킹 숏이나 줌 인으로 꿈을 꿔. 크로스 페이드도 사용되고, 〈매트릭스〉 나온 다음부터는 불릿타임 촬영기법도 사용돼. 그래서 가끔은 촬영 기술이나 방법으로 무슨 일이 일어날지 미리 알 수 있어."

"미쳤군." 캥거루가 대꾸했다.

"예를 들면, 네가 처음 기습하기 전에 새 소리가 나는 오디오 트랙이 있었어. 우-우-아-아-아-아. 정확히 말하면, 좌측 후방에서 우측 전방으로 소리를 잡았고, 이때 카메라는 360도 불릿

---

1 관찰자 시점. (옮긴이)

타임으로 우리 소대를 찍었다고. 상상이 돼?"

"흠. 그럴싸한데." 캥거루가 말했다.

"이런 장면 연출 덕분에 다음 장면에 뭔가 나쁜 일이 일어날 걸 예측할 수 있었어."

"그게 가능하면 글도 한번 그렇게 써보지?" 캥거루가 말했다. "시대에 맞게 영화 기법으로 글을 쓰는 거야. 그럼 쫌 생동감 있게 느껴지지 않을까?"

클로즈업 : 나는 눈을 깜박인다.

클로즈업 : 캥거루가 눈을 깜박인다.

클로즈업 : "흐음"하고 내가 말한다.

미디엄 숏 : 나는 침대 위에 앉아 있다. 캥거루는 침대 옆 의자에 앉아 있다.

페이드 아웃.

판도라의 새로운 선물

"이것 좀 봐." 내가 말했다. "게오르크 뷔히너[1]는 23살에 죽었어. 그런데 대박 히트 친 작품을 세 개나 썼고, 의학박사를 땄고, 혁명가로 현상 수배되어 자기 마을에서 도망쳐야 했대. 23년 동안 이걸 다 했대. 어떻게 한 거지? 도대체 이 인간은 어디서 그런 시간을 얻은 거지?"

"간단해!" 캥거루가 말했다. "그 당시에는 구글에서 자기 이름 검색해 볼 수도 없었고, 이메일도 없었고, 페이스북이나 트위터 질 안 해도 되고, 인기가요 투표도 할 필요 없었잖아. 그 인간도 나름대로 자기 지루함을 달랜 것뿐이야."

"맞는 말이야!" 나는 노트북을 닫으면서 말했다. "이 똥 같은 물건 때문에 시간 낭비만 하는 것 같아. 세 시간 동안 내가 뭘 했게? 그래, 인터넷 쇼핑몰 구경하는 건 문제가 아니야. 왜 구경

---

1 독일의 극작가. (옮긴이)

했는지 모르겠다는 게 문제지. 거기다가 내가 왜 관심도 없는 다른 사람의 의견 따위를 읽고 있는 거야? 내가 관심도 없는 영화에 대한 의견 따위를?"

"그래, 그래." 캥거루가 대꾸했다. "전 세계 모든 사람이 의견을 주고받을 수 있다는 게 인터넷의 가장 멋지고, 끔찍한 점이지."

"말 잘했어." 내가 말했다.

"부끄럽네. 전부터 생각했던 거야." 캥거루가 말했다. "이걸 써먹을 적당한 기회를 노리고 있었어."

"나도 뭐 생각해 둔 거 있는데." 나는 인터넷 랜 선을 가리키며 말했다. "판도라의 소켓."

"저걸 없애야 해!" 캥거루가 말했다.

"맞아." 나도 말했다. "걍 지금 하자."

"우리들 삶을 돌리도!" 캥거루가 외쳤다. "가상현실 타파!"

"백 투 더 리얼!" 나도 외쳤다.

"이제 해." 캥거루가 나한테 말했다. "뽑아."

나는 머뭇거렸다.

"네가 해. 네가 우리 집 폭력 담당이잖아." 내가 말했다.

앞발로 케이블을 움켜쥐고는 자세를 잡던 캥거루가 갑자기 동작을 멈췄다.

"잠깐, 나 이메일 체크만 하고." 캥거루가 말했다.

"나 먼저 찜!" 나는 잽싸게 노트북을 가로챘다.

142

"넌 아까 했잖아!" 캥거루가 항의했다.

"그렇긴 한데, 부재중 메시지로 전환해 놔야지. 또 그사이에 누가 뭘 보냈을지도 모르고."

하지만 메일함은 텅텅 비어 있었다. 캥거루 것도 비어 있었다.

"네가 먼저 메일 쓰면 나도 써 줄게." 내가 말했다.

"구글에서 게오르크 뷔히너 검색해 봐." 캥거루가 말했다.

751,000건이 검색되었다.

"만약에 뷔히너가 이걸 다 읽어봤다면…," 내가 말했다. "그 인간도 뭘 쓰지는 못했을 거야."

"혁명가 따위가 되었을라구." 캥거루가 말했다.

"야, 이거 봐!" 내가 말했다. "빈 디젤 새 영화 트레일러야."

클릭!

캥거루의 저서 〈기회주의와 억압〉 중에서
제21장 : 판도라의 소켓

… 그렇게 에피메테우스(고대 그리스어: 후에 생각하는 자)는 형인 프로메테우스(앞을 보는 자)의 경고에도 불구하고 판도라를 데려온다. 그러나 판도라는 집에 발을 들이자마자 그녀의 소켓에 타이탄 족의 노트북을 연결했다. 그녀의 소켓을 따라 100Mb의 속도로 이 땅에 재앙이 도래하게 된 것이다….

주인을 찾습니다

　캥거루는 독일 연방의회 의사당 앞에서 이리저리 껑충거리며 뛰고 있었다. 캥거루의 앞발에는 "새로운 시장 경제 계획 대신 국민을 섬겨라! 명령 불복종에 따라 너희들을 고소하는 바임을 명심하라!"라고 적힌 피켓이 들려 있었다. 그러고는 자신을 구경하는 관광객들을 향해 커다란 목소리로, 아마 스스로 창작해 낸 듯한 곡조에 다음과 같은 가사를 붙여서 고래고래 목청을 높였다. "우~아~우아~! '새로운 시장 경제'란 고용주와 경제연합 간 연계를 통해 만들어진 천박한 프로파간다 네트워크 시스템이라네~ 우~아~우아~! 새로운 시장 경제의 '새로움'은 '전혀 새롭지 않음'이라는 뜻의 순화어라네! 뚜! 뜨릅! 뜨릅~~! 전혀 새롭지 않은 시장 경제 계획은 학교에서 경제학 수업 교재로 활용된다네. 정말 멋진 일이라네. 정말 잘 된 일이야! 얼마나 안 의심스러운지 몰라~ 삐리리~~삐리리~!"

　나는 왜 이럴 때마다 병신처럼 캥거루 옆에 서 있는 걸까. 도

144

저히 안 되겠다 싶어서 캥거루로부터 몇 미터 정도 거리를 두고 떨어져서는 관광객인 척하려고 하는데, 저쪽에서 경찰관 두 명이 내 쪽을 향해 오는 게 보였다.

"이 캥거루 당신 거요?" 콧수염이 난 키 작은 경찰관이 물었다.

"쉿!" 나는 간청했다. "크게 소리 내지 마세요! 캥거루가 그 말 얼마나 싫어하는데."

"이 캥거루 당신 거냐고?" 경찰관이 다시 큰소리 물었다.

"아니요!" 내가 말했다. "녀석은 독립개체예요…."

이미 늦어 버렸다. 캥거루는 이쪽으로 펄쩍 뛰어들더니 경찰관들의 머리 위로 각각 피켓 한 개씩을 들게 했다. 사실 경찰관들은 캥거루가 떠드는 내용이 궁금해서 물어보려던 것뿐이었다고 한다.

재판관은 법정의 심의가 끝나고 최종 판결을 내렸다.

"본 법정은 애완동물을 관리하지 못한 죄로, 애완동물 주인에게 방임죄에 따른 책임을 물어 500유로의 벌금형을 선고하는 바이다."

"파시스트!" 캥거루가 이성을 잃고 소리쳤다. "엿 같은 계층주의자들!"

"귀하의 애완 캥거루에게 법정에서 예의를 갖추는 법을 가르치시오!" 재판관이 고함을 질렀다.

"얘 제 캥거루 아닌데요." 나는 한숨을 쉬며 말했다. "소유관계에 대해서는 까다롭게 굴어서…."

"내가 존중할 수 없는 법정에 예의를 갖추라고? 또 나를 존중해 주지 않는 곳을 존중하라고!" 캥거루는 이렇게 외치더니, 또 노래를 부르기 시작했다. "랄랄라~ 사회 경제 구조를 구성하는 모든 생산관계는 사법과 정치의 상부 구조를 구성하는 특정 사회 인식의 형태에 상응한다네~~트랄랄라~! 노 저스티스(No Justice)! 노 피스(No Peace)! 퍽 더(Fuck the)…."

"조용!" 재판관이 고함을 질러댔다. "경의를 표하시오!"

"경의는 거시기에나 싸서 드셈!" 캥거루가 외치더니 투홀스키[1]까지 인용했다. "나는 사회 계층이나 양극화에 악감정은 없다. 단지 이들이 만들어 내는 사회의 품질이 마음에 들지 않을 뿐이다! 삐리리리~!"

시뻘겋게 달아오른 얼굴로 재판관이 나에게 말했다. "본 법정은 애완동물을 관리하지 못한 죄로, 애완동물 주인에게 방임죄에 따른 책임을 배로 물어 1,000유로의 벌금형을 선고하는 바이다!"

"역사는 나의 죄를 용서할 것이다!"[2] 캥거루가 소리쳤다.

"다시 한 번 말씀드리지만, 제 캥거루 아닌데요." 나는 자포자기 상태로 중얼거렸다. "얘는 아무도 제어할 수가 없어요. 자기 스스로도 제어 못 하는데요."

---

1 쿠르트 투홀스키. 독일의 언론인. (옮긴이)
2 피델 카스트로의 말. (옮긴이)

"본 법정에서는 모든 이가 준수해야 할 규정이 있소!" 재판관이 소리쳤다. "제발 당신의 캥거루가 이 규정에 적합하게 행동하게끔 하시오."

"자본주의로부터 어떤 규정이 도래되었는지 갑자기 궁금해지는데!" 캥거루가 외쳤다. "예나 지금이나, 자본주의에서 극복되어야 할 부분이 많으니까 말야!"

그러고는 위조[3]의 〈적군파〉[4]라는 노래를 부르기 시작했다.

"오 마이 갓!" 나는 한숨을 내쉬며 피고인 좌석에 머리를 박았다. "내 돈…."

---

3 WIZO. 독일의 펑크록 그룹. (옮긴이)
4 1970-1998년까지 활동한 서독의 극좌파 무장단체. 반제국주의, 공산주의적 학생운동 집단이었다. (옮긴이)

내려갔다…

올라왔다…

"뭐해?" 캥거루가 물었다.

내려갔다…

올라왔다…

"요요해." 내가 대꾸했다.

"요요라…" 캥거루가 중얼거렸다. "그렇군."

내려갔다…

올라왔다…

적군파 게임

"지난번 내 낭독회 때 페터 유르겐 북이 온 거 있지." 내가 말했다. "그 사람 알아? 2대 적군파 멤버였어."

"그 로켓탄 발사기 만든 인간?"[1] 캥거루가 말했다.

"맞아."

"오, 멋진데!" 캥거루가 말했다. "사인 받아놨어?"

"응. 두 장."

"나 한 장 줄래?"

"그럼 넌 뭘 줄 건데?"

"슈테판 비즈니브스키[2] 사인 한 장!"

"나 있어. 바더 두 장, 몬하웁트 한 장이랑 바꾸자." 내가 말했다.

"바더 한 장, 호게펠트 두 장 가져가."

---

1 페터 유르겐 북은 독일 카를스루에에 위치한 고등검찰청 테러를 감행한 바 있음. (옮긴이)
2 본 에피소드에 등장하는 인명은 모두 적군파 멤버들의 이름. (옮긴이)

"글쎄…, 맘에 안 드는데?"

"좋아, 그럼 거기다 말러[3] 한 장도 얹어 줄게."

"싫어. 걔는 줘도 안 가져. 버려."

"좋아, 그럼 바더 한 장, 호게펠트 두 장 주고 말러는 종이 분쇄기에 넣어 줄게."

"좋아." 내가 말했다. 우리는 사인 카드를 교환했다.

"3대 적군파는 거의 다 모은 것 같아." 내가 말했다.

"난 하나 모자라. 그람스 혹시 있어?" 캥거루가 물었다.

"어. 근데 한 장밖에 없어서 못 줘. 그람스 사인은 바드 클라이넨[4] 때부터 구하기 힘들어졌어."

캥거루가 실망스러운 눈빛으로 사인 카드를 내려다보았다.

"우리가 가지고 있는 적군파 사인 카드로 카드 게임 만들면 진짜 재밌겠다." 내가 제안했다. "말러 뽑으면 꽝. 어때?"

"나 완전 좋은 거 있어." 캥거루가 말했다. "와 봐. 보여줄게."

거실 탁자 위에는 상자가 하나 있었다. 상자 뚜껑을 열며 캥거루가 "짜잔!" 하고 외쳤다.

"우와! 직접 깎아 만든 체스네…" 내가 감탄하며 말했다.

"아직 다 완성되지는 않았지만," 캥거루가 말했다. "함 봐봐! 먼저 빨간색 팀의 킹은 바더, 퀸은 엔슬린이야. 라스페랑 마인스는 룩이고, 좌측 비숍은…"

---

3 적군파 창시자였으나 극좌에서 극우로 전향하여 현재까지 트러블메이커. (옮긴이)
4 1993년, 경찰이 바드 클라이넨에서 그람스 등의 적군파를 체포하려고 함. (옮긴이)

"브리기테 몬하웁트." 내가 말했다.

"2대, 3대 적군파는 폰이야."

"클라는?"

"클라도 당근 폰." 캥거루가 대꾸했다.

"초록색 팀은?" 내가 물었다.

"초록색 팀 폰은 다 짭새야."

"예전 경찰 제복을 입혀놨네." 내가 감탄하며 말했다.

"응. 고생 좀 했어." 캥거루가 말했다. "그리고 킹은…"

"헬무트 슈미트." 내가 말했다.

"맞아. 퀸은 연방경찰 국장이었던 호어스트 헤롤드로 정했어."

"걔 남자잖아!"

"그렇긴 하지만, 아무리 생각해도 딱히 이렇다 할 여자가 없더라고. 끽해야 여성가족부 장관 정도?"

"그렇군."

"슐레이어⁵랑 유르겐 폰토⁶가 룩이야." 캥거루가 말을 이었다. "악셀 슈프링거⁷는 당근 나이트고…"

"이건 누구야?" 나는 판 가장자리에 엉거주춤하게 배치된, 만들다 만 것 같은 말 하나를 가리켰다. "혹시 오토 실리⁸ 아니

---

5 당시 독일 경영자총협 회장. 적군파에 의해 암살당함. (옮긴이)
6 당시 드레스드너 은행 대변인, 적군파에 의해 암살당함. (옮긴이)
7 보수 언론사 수뇌이며 언론 조작으로 비판받음. (옮긴이)
8 1대 적군파였다가 정치인으로 전향함. (옮긴이)

야?"

"맞아!" 캥거루가 말했다. "얘는 만들긴 했는데 누구 편인지 모르겠어."

"이걸로 영화 하나 찍을 수 있겠다. 대박 흥미롭겠는데! 예를 들어 '슈탐하임의 죽음의 밤'[9]을 재현하는 거야!"

"응. 그럼 두 편을 만들어야 해." 캥거루가 말했다. "일반판이 랑 감독판."

---

9 1대 적군파가 갇혀 있던 감옥 슈탐하임에서 집단 자살이 일어났던 밤을 가리켜 '슈탐하임의 죽음의 밤'이라고 부름. 자살이 아닌 학살설 등의 루머가 있음. (옮긴이)

지향 목표와 가치 기준

내려갔다…

올라왔다…

"뭐야, 또 요요해?" 캥거루가 물었다.

"응. 두 시간 동안." 내가 대꾸했다.

"안 지루해?"

"경우에 따라."

"무슨 경우?"

"그니까, 뭐에 비교하느냐에 따라."

"흠. 이해했어." 캥거루가 말했다. "그럼 좋은 책 한 권 읽기랑 비교하면?"

내려갔다…

올라왔다…

"많이 지루한 편에 속하지." 내가 말했다.

"인터넷 서핑하기랑 비교하면?"

내려갔다…

올라왔다…

"뭐, 그냥 그래."

"출근하기는?" 캥거루가 물었다.

"이게 낫지."

내려갔다…

올라왔다…

캥거루는 침묵했다. 우리는 요요가 내리락 오르락 하는 모습을 평화롭게 지켜보았다.

내려갔다…

올라왔다…

내려갔다…

올라왔다…

"대부분의 사람들은 불행해." 갑자기 내가 입을 열었다. 캥거루가 고개를 끄덕였다.

내려갔다…

올라왔다…

"왜냐하면, 많은 사람들이 정말 쓸모없는 걸 하면서 인생을 허비하거든." 나는 말을 이었다. "왜 그런지 알아?"

내려갔다…

올라왔다…

캥거루가 고개를 저었다.

"왜냐하면 현대를 살아가는 사람들에게 지향하는 목표가 없기 때문이야. 그리고 지향하는 목표가 없는 이유는, 그걸 평가하기 위한 가치 기준이 없기 때문이고. 그러니까, 우리한텐 암것도 없는 셈이지." 내가 말했다.

캥거루가 가볍게 고개를 끄덕였다.

내려갔다…

올라왔다…

내려갔다…

올라왔다…

"그래서 나는 내 삶의 모든 기준을 요요 기준에 맞추기로 했어." 내가 말했다. "앞으로 요요 기준은 모든 행위에 있어서 가치를 가늠하는 기준이 될 거야."

내려갔다…

올라왔다…

"예를 들어… 피아노 치기: 요요 8회, 세금 신고서 작성하기: 요요 0.1회."

내려갔다…

올라왔다…

"가사 잘 모르는 노래 틀어놓고 큰 소리로 따라 부르기: 요요 4회, 가사 잘 모르는 노래 틀어놓고 노래 부르는 사람의 노래 듣기: 요요 0.5회."

내려갔다…

올라왔다…

"잠자기: 요요 10회, 컴퓨터 프로그램 라이센스 약정 정독하기: 측정 범위를 벗어남."

내려갔다…

올라왔다…

"암 것도 안 하기: 요요 1.01회, 씻기: 요요 0.2회."

"무슨 말인지 이해했거든. 그만해." 캥거루가 내 예시를 중단시켰다.

내려갔다…

올라왔다…

"그리고, 요요 기준에서 요요 1회 이하에 해당하는 활동은 안할 거야." 내가 말했다.

내려갔다…

올라왔다…

내려갔다…

올라왔다…

내려갔다…

올라왔다…

"나 해 봐도 돼?" 캥거루가 물었다.

"여기." 나는 다른 요요를 건네주었다. "나 두 개 있어."

"이거 어떻게 하는 거야?"

내려갔다…

올라왔다…

"그냥 긴장 풀고 하면 돼."

"이렇게?"

내려갔다…

"돌아가는 걸 잘 느껴봐."

"이렇게?"

내려갔다…

"아니. 그렇게 뻣뻣하게 하지 말고 요요 돌아가는 걸 느끼라고!"

내려갔다…

올라왔다…

"이렇게?"

"응, 그렇게."

내려갔다…내려갔다

올라왔다…올라왔다

내려갔다…내려갔다

올라왔다…올라왔다

내려갔다…내려갔다

올라왔다…올라왔다

도망자

극도로 분노한 한 패거리가 마구 욕설을 내뱉으며 우리를 따라오고 있었다. 나는 배낭과 귀중품을 땅에 던져버린 지 오래였다. 별로 자랑할 만한 사실은 못 되었지만 말이다.

"꼭 이래야 해?" 나는 헉헉대며 캥거루에게 물었다.

"쟤들이 무례하게 구는 걸 참을 수가 없었다고!" 캥거루는 이렇게 외치며 내가 따라갈 수 없을 정도로 무시무시한 속도로 뜀박질해댔다.

"이러다 낼 아침 신문 헤드라인 장식하게 생겼는걸!" 내가 외치는 동안, 빈 맥주캔이 내 뒤통수를 때렸다.

"저 멍청한 부랑자 놈들이 돈 없어서 병맥주 안 사 먹은 게 어디야." 캥거루가 헥헥대며 말했다.

"그렇게 말하면 안 돼." 나는 헐떡이며 말했다. "따지고 보면, 쟤들을 저렇게 만든 건 이 세상이야. 어차피 희생자들이라고."

"우리는 희생자 아니고?" 캥거루는 내 말을 일축해 버리고는 날아오는 맥주캔을 잽싸게 피했다.

"저 새끼들이 오늘의 희생 제물이다!" 우리의 뒤통수에서 애송이들의 우두머리가 소리쳤다.

"저 새끼들 방금 우리가 얘기한 거 듣고 벌써 지들끼리 다 토론한 다음에 결론 내렸나 봐. 나 좀 소름 돋았어!" 캥거루가 헐떡거리며 외쳤다. "오른쪽!"

우리는 급커브를 틀었다. "지하철로!"

계단을 달려 내려간 다음에야, 기차가 우리를 기다려주지 않는다는 사실을 깨달았다. 승객들을 거칠게 밀치고 지나가는 동안, 사람들은 처음엔 뭔 일인가 하다가는 우리를 뒤따르는 패거리들을 발견하고는 한 걸음씩 재빠르게 물러섰다. 우리는 승강장 끝까지 달려서는 미친 듯이 계단을 올라갔다.

"우리는 쟤들을 불쌍히 여겨야 해." 이렇게 말하는 동안에 나는 거의 내 발에 걸려 넘어질 뻔했다. "쟤들 결국 우리한테 하는 그대로 당할 거야!"

"그래, 맞아." 캥거루가 매우 헐떡이며 대꾸했다. "새끼들, 결국 뿌린 대로 거둘 거야! 그래서 별로 안 불쌍해. 지들이 무슨 짓 하는지 생각도 못 하는 것들이 마치 영화 주인공처럼 행동하고 있잖아!"

"왼쪽으로!" 내가 외쳤다. 우리는 급커브를 틀었다.

"근데 쟤들을 비난할 수는 없어." 나는 헉헉거리며 말했다. "이게 바로 독일 교육 정책이 실패했다는 증거야."

돌멩이 하나가 내 귀를 스치며 날아갔다.

"야! 잘 들어! 이 애송이들아! 못나게 태어난 게 늬들 탓은 아니지만, 그래도 잘 살려고 노력이라도 해봤냐?!" 캥거루가 절박하게 외쳤다. "지하철 타!"

우리는 다시 지하철 계단을 달려 내려갔다. 옆구리에 찌르는 듯한 통증 때문에 죽을 것 같았다.

"저…것들…케헥! 헥! 안 쫓아왔길 바라는 수밖에!" 캥거루가 헐떡이며 말을 이었다. "아니면 희생자는 쟤들이 아니라 우리가 될걸!"

"오른쪽!" 내가 외쳤다.

"거기 서! 거기 두 발로 뛰는 개새끼!" 뒤쪽에서 고함소리가 들렸다.

마침 천만다행으로 지하철이 들어오고 있었다.

"휴, 다행이군!" 나는 안도의 한숨을 내쉬며 말했다.

"맨 앞으로 가!" 캥거루가 외쳤다. 문이 닫히기 바로 직전, 우리는 열차에 탔다.

우리를 뒤쫓던 놈들은 열차 꽁무니에 따라붙어 마지막 칸으로 뛰어올랐다. 열차가 덜커덩 흔들렸다. 우리는 열차 유리창으로 뒤 칸을 노려보았다.[1]

"쟤네 몇 살이야?" 내가 놀라서 물었다. "열두 살?"

---

1 독일은 지하철 칸칸으로 이동하는 통로는 없고 유리창만 있다. (옮긴이)

"근데 쟤네 뭐 하는 거야?" 캥거루가 말했다. "쟤네 지금 핸드폰으로 우리 찍는 거야?"

"쟤들, 어두운 데서 봤을 땐 훨씬 더 나이 들어 보였는데…" 나는 뒤로 물러서며 말했다. "왠지…," 나는 숨을 깊이 들이쉬었다 내쉬며 말을 이었다. "…위험해 보였어."

기차가 멈추었다. 캥거루가 주머니에서 권투 장갑을 꺼냈다.

"뿌린 대로 거두게 해주겠어!"

나는 내 핸드폰을 꺼냈다. "이거 악순환의 연속이군." 나는 한숨을 내쉬고 고개를 흔들며 비디오 버튼을 눌렀다.

정신병원

　"그러니까, 개가 말할 때마다 튀어나오는 잠재적인 폭력 성향이 정말 당황스럽다고요. 사실 정말 난폭해요! 저 정말 폭발 직전이에요!" 내가 말했다.

　"그렇군요. 그럼 이 캥거루가…," 정신과 의사가 물었다. "… 목소리로만 존재하는 건지 아니면 볼 수도 있는 건지?"

　"저 안 믿으시는 거예요? 당연히 보이죠. 같이 산다니까요."

　"그렇군요."

　"네."

　"만약에, 이 목소리가 클링 씨 머릿속에서만 들린다고 가정하면, 목소리의 주인이 캥거루라고 어떻게 단언할 수 있죠?"

　"큰 발 두 개, 긴 주둥이, 토끼 같은 귀하고 주머니를 보면 뭐가 떠올라요?"

　"그럼 그 캥거루가…" 정신과 의사가 물었다. "… 혹시 지금 이 방 안에도 있나요?"

"당연히 아니죠!" 나는 말했다. "의사 선생님 눈에는 보이나 보죠?"

"설마!" 의사가 웃으며 말했다. "그런데 캥거루는 왜 같이 안 왔죠?"

"캥거루가 말하길, 사회 시스템에 의한 희생자들한테나 치료가 필요한 거고 자신은 정신적 결함 따위 없으니 저만 다녀오라고 하더군요."

"아하."

"캥거루가 이런 식으로 고집부리는 거, 정말 사람 미치게 해요."

"그렇군요. 자, 이제 클링 씨의 어렸을 때 얘기 좀 해 주시겠어요?"

"무슨 소리예요?" 내가 물었다. "캥거루가 우리 집에 쳐들어온 건 몇 달밖에 안 됐다고요."

"그래요. 자, 그럼 우리 한번 생각해 볼까요? 왜 캥거루가 클링 씨의 머릿속에 살게 된 걸까요? 뭐 짚이는 거 없나요?"

"내 머릿속에 사는 거 아니라니까요!" 나는 항의했다. "아직도 내 말 못 믿어요?"

"아니 그냥 그렇다고요." 의사가 웃으며 말했다. "나도 사실은 집에 앵무새 한 마리 키워요. 걔도 말할 줄 알죠."

"제가 담에 캥거루 꼭! 데리고 올게요!" 나는 의사를 노려보았다.

"이야, 그거 정말 좋은 생각이네요!" 의사가 웃으며 말했다.

"그냥 집에서 키우는 거 다 데리고 와요. 토끼도, 거북이도…. 나도 우리 앵무새 데리고 올게요."

내 눈은 분노로 이글거렸다.

일주일 후

우리는 정신과 대기실에 앉아 있었다.

"내가 왜 여기 있어야 되냐고!" 캥거루가 투덜거렸다. "이런 건 사회 시스템에 의한 희생자들한테나 필요한 거야. 난 이곳에 어울리지 않아."

"바로 그런 너의 태도가 문제야." 내가 말했다. "그런 식으로 밀어내는 거. 우린 공정한 관점을 가진 중재자와 함께 우리 문제에 관해 얘기해봐야 해."

"궁금한 게 있는데, 네 돈을 받는 사람이 어떻게 공정할 수 있다는 거지?" 캥거루가 물었다.

"싫음 너도 반 내던지."

"그거 진짜 환상적인 방법이네." 캥거루가 비꼬았다.

정신과 의사가 대기실 문을 열었다. "클링 씨! 잘 왔어요." 그는 내 손을 잡고 악수했다. "자, 오늘은 그 캥거루라는 거를 한번 까놓고 얘기해 볼… 아악!!!!"

의사는 캥거루를 발견하고는 비명을 질렀다.

"데리고 왔으니까 직접 물어보세요." 내가 말했다. 의사는 몸을 떨기 시작했다. 그는 나를 상담실 안으로 이끌더니 캥거루가 들어오려고 하자 문을 닫아 버렸다. 잠시 후, 캥거루가 문을 열고 들어와서는 내 옆자리에 앉았다. 의사는 입을 벌리고 캥거루를 바라보았다.

"캥거루랑 인사라도 하세요. 뻘쭘해 하잖아요." 내가 말했다.

"어떤…뭘…누구한테?" 의사가 식은땀을 흘리며 말했다. "난 캥거루 같은 거 못 봤는데. 여긴 캥거루 같은 거 절대로 없어요."

"여기 앉아 있잖아요. 제 옆에요."

"아냐, 아냐. 거기 지금 아무도 없어요!!"

"야, 너보다 쟤가 더 심각하다." 캥거루가 말했다.

"누구? 어디?" 의사가 창백한 얼굴로 물었다

"전 아무 말도 안 했는데요." 내가 대꾸했다.

"자아, 클링 씨. 이제…캥거루가…그냥 당신 머리에서 만들어진 망상이라는 거 알겠죠?" 의사가 떨리는 음성으로 물었다.

"쟤 좀 도와줘야겠다." 내가 캥거루 귀에 소곤거렸다.

캥거루는 벌떡 일어나 성큼성큼 걸어가더니 의사의 볼을 힘껏 꼬집었다.

"으아악!" 의사가 소리를 지르며 의자에서 튀어 올랐다. "누가 내 볼을 꼬집었어!"

"계속 병신같이 굴면 누가 엉덩이를 걷어차는 느낌도 들 거야." 캥거루가 말했다.

"보셨죠? 이게 바로 제가 말했던 잠재적인 폭력 성향이라구요. 이런 폭력성이 입만 열면 튀어나온다니까요." 내가 말했다.

"나는 새다!" 의사가 외쳤다. "사랑스러운 작은 새! 짹 짹 짹 짹!" 그러고는 의자에서 책상으로, 소파로 원을 그리며 껑충껑충 뛰어다녔다.

"새 같은 소리 하고 있네." 캥거루가 중얼거렸다. "그만 가자."

꿈의 양탄자

 "이이이이게 뭐야, 완전 끔찍해!" 캥거루가 비명을 지르며 야생 동물처럼 새로 산 양탄자 위를 뛰어다녔다. 얼마 전 이웃집으로부터 받은 익명의 항의문에서, 캥거루가 이렇게 뛸 때마다 아랫집에 횟가루가 떨어진다는 사실을 알게 되었다.

 "새 양탄자가 마음에 안 들어?" 내가 물었다.

 "당연하지! 이-양탄자-정말-끔찍해!" 캥거루는 이렇게 소리 지르면서 복도를 뛰어다녔다. 껑충 뛰면서 숨을 들이마신 다음 착지하면서 이렇게 외치는 것이었다.

 "이거-완전-이-케-아-뻴-나!"

 "이거 이케아 거 맞아." 내가 말했다.

 "끄아악! 이케아!" 캥거루는 계속 뛰면서 비명을 질렀다. "아동노동 반대!"

 "아 쫌 그만 좀 해!" 내가 말했다. "내가 뭐 새로 살 때마다 그러잖아!"

"그렇긴 하지." 숨이 차서 캥거루의 목소리가 갈라졌다.

"나이키 운동화도 그랬고." 내가 말했다.

"맞아!"

"버터쿠키도 그랬고."

"맞아!"

"마이클 잭슨 앨범도 그랬고."

"맞아!"

"〈해리 포터〉 영화도 그랬고."

"맞아!"

"골드 스페셜 플래티넘 콜렉터스 에디션 판 미니 플레이백 쇼 전 시즌 완결세트 때도 그랬고."

"그래 맞아!"

"그리고 이 양탄자도 이러고 있고."

"그래, 그래, 그래애!" 캥거루는 빨간 권투 장갑을 끼더니 허공에 대고 주먹질까지 시작했다. "근데 양탄자가 싫은 건 아동 노동 때문만은 아니야…." 캥거루가 소리쳤다. "이 양탄자 진짜 구려!"

"그럼 뭐 카펫 짜는 장인의 작품이라도 기대했어?" 내가 물었다. "이거 짠 애들은 겨우 여덟 살 정도라고."

"지이이이인짜 구려!" 껑충, 주먹질, 껑충.

"그럼 이거 가져가서 바꾸자." 내가 말했다.

"불태워버려!" 캥거루가 소리쳤다.

"이케아가 이거 하나는 확실하지. 맘에 안 들면…."

"인격 파괴자, 잡동사니 생산자, 노조의 적, 악덕 대기업!" 캥거루가 욕설을 퍼부었다.

"하지만 교환하고 싶으면 간단하게 바꿀 수 있어." 내가 말했다.

그때 초인종이 울렸다. 캥거루가 뜀박질을 멈추었다. 우리는 겁먹은 눈으로 서로를 바라보았다.

"분명 아래층 사람일 거야. 이번에는 그냥 넘어가지 않을 생각인가 봐." 캥거루가 속삭였다. 믿을 수 없는 정보에 따르면•, 그 여자는 인터넷에서 기관단총 경매에 입찰했다고 한다. 우리는 현관 렌즈를 통해 바깥을 확인했다. 그러나 거기에는 부스스한 머리로 환하게 웃는 약간 뚱뚱한 남자가 서 있었다. 나는 현관문을 열어 주었다.

"안녕하십니까! 혹시 귀댁에서 사용하는 지역 서비스를 간단히 체크하기 위해 잠시 안에 들어가 봐도…?"

말이 채 끝나기도 전에 캥거루가 빛의 속도로 펀치를 날렸다. 남자는 정신을 잃고 바닥에 엎어졌다. 나는 놀란 눈으로 캥거루를 바라보았다.

"겟쯔야."[1] 캥거루가 말했다.

• 그 정보의 출처는 캥거루임. (저자 주)

1 GEZ : 독일의 전파 수신료 징수 회사. 검사원이 불시 검문하여 TV나 라디오 등의 기계가 있는지 확인한 후 적발되면 고액의 벌금을 징수. 서민층에서는 요금을 내지 않고 검문을 회피하는 경우가 많음. (옮긴이)

나는 고개를 끄덕이며 몸을 굽혀 쓰러진 남자의 옷깃을 젖혔고, 가슴팍에서 빛나는 겟쯔 명찰을 확인했다.

"아무튼 신속한 대응이었어." 내가 말했다.

우리는 정신을 잃고 쓰러져 있는 겟쯔 검사원을 집 안으로 옮긴 다음, 이케아 양탄자로 둘둘 말았다.

"이제 이거 불태울까?" 캥거루가 물었다.

"더 좋은 생각이 났어." 나는 1유로짜리 동전을 남자의 호주머니에 넣으며 말했다.

"뭐하자는 플레이?" 캥거루가 물었다.

"이케아 중고상품 코너에서 깨어나면 이 돈으로 핫도그라도 사 먹으라고."[2]

---

2 독일인들은 이케아에 들르면 1유로짜리 핫도그를 꼭 사서 먹는다. (옮긴이)

계약서

"싫어! 절대로 안 해!" 내가 말했다.

"넌 해야만 해!" 캥거루가 말했다.

"난 너랑 계약서 같은 거 쓴 적 없고, 서명한 적도 없어." 내가 말했다.

"오, 그래?" 캥거루는 이렇게 외치더니 일 분 후 자신과 나의 서명이 들어간 종이 한 장을 들고 왔다. 일명 '계약서'에는 내가 캥거루와 계약서를 써야 한다고 쓰여 있었다.

"똑똑히 보라구!" 캥거루가 의기양양하게 말했다.

"이걸로 뭘 증명할 수 있는데?" 내가 물었다. "네가 이거 가지고 저기 책상 위에 가서 쓴 거 다 봤어. 봐. 서명 두 개가 똑같잖아."

"계약서는 계약서야." 캥거루가 말했다.

나는 볼펜으로 계약서 내용 중 계약서를 '써야 한다'에 두 줄을 긋고 '쓰지 않아야 한다'로 고쳤다.

"자!" 내가 말했다. "똑똑히 보라구."

"계약서를 위조하다니!" 캥거루가 소리 질렀다.

"나는 이 계약서가 무효임을 선언하는 바이다!" 나는 이렇게 외치며 계약서를 찢어버렸다.

"너!" 캥거루가 어금니를 깨물었다. "고소할 거야."

"해 봐!" 내가 외쳤다. "고소해 봐!"

"두고 보라고!" 캥거루가 말했다. "고소할 거야!"

"근데, 어떤 법원으로 갈 건데?" 내가 물었다. "너 법원 어쩌고 하는 것도 다 네가 멋대로 상상해서 할 거지?"

"아마도!" 캥거루가 대꾸했다. "못할 이유가 없지. 원고인 캥거루는 피고인 클링을 공문서위조 혐의와 계약 무단 파기로…"

"잠깐!" 내가 외쳤다. "피고인 진술 안 해?"

"내 법정에선 안 해." 캥거루가 대꾸했다. "본 재판관은 피고인에게 계약서의 원래 내용을 이행할 것을 명한다. 땅땅땅!"

"그 판결은 받아들일 수 없어!" 내가 말했다. "내가 만든 법정에서는 네 판결이 무효이며 무가치함을 선언하는 바이다. 그리고 소송에 따른 비용은 네가 지불해."

"넌 그럴 권한이 없어!" 캥거루가 격분해서는 소리쳤다. "네 멋대로 법정을 만들 수는 없어. Quod licet jovi, non licet bovi![1]"

"설마 지금 나불댄 거…, 라틴어?" 내가 물었다.

---

1 제우스에게 허용된다고 해서 소에게도 허용되랴. : 근본적인 신분상의 차이를 지칭할 때 쓰이는 라틴어 속담. (옮긴이)

"아마도." 캥거루가 대꾸했다.

"제우스한테 허용된다고 해서…," 나는 뒤통수를 긁으며 학교 때 배운 라틴어 지식을 끌어모았다.

"…소 새끼한테도 허용되랴!" 캥거루가 외쳤다.

"그래? 그래서 어쩔 건데? 다시 한 번 고소라도 하게?"

"본 법정은 판결을 속히 이행하기를 명한다!" 캥거루가 이렇게 외치며 나에게 달려들었다.

"폭력 결사반대!" 내가 비명을 질렀다.

"닥쳐!" 캥거루가 외쳤다. 나는 거실 탁자로 달려가서는 노래를 불렀다.

바위처럼 살아가 보자
모진 비바람이 몰아친대도
어떤 폭력의 손길에도 흔들림 없는
바위처럼 살자꾸나!!

"닥쳐!" 캥거루가 소리 지르며 내 뒤를 쫓았다. 캥거루는 책상 위에서 내 쪽으로 뛰어들더니 헤드록을 하려고 시도했다. 나는 잽싸게 캥거루의 속박을 벗어나 캥거루의 머리에 헤드록을 먹이려고 했다. 몇 분 후, 우리는 땀에 젖어 헐떡이면서 창가 구석에 널브러졌다. TV 리모컨은 창틀 위에 있었다. 나는 리모컨을 집어 캥거루에게 건넸다.

"바로 이거야." 캥거루가 말했다. "진작 이럴 것이지."

"더 쉽게 할 수도 있었어." 내가 말했다. "계약서를 생각해 내고, 쓰고, 이 지랄을 떠는 것보다 창틀로 와서 가져가는 게 더 간단했잖아."

"원칙의 문제야." 캥거루가 대꾸했다. "세상을 좀 보라구. 만약 모두가 자기 원하는 대로만 한다면, 계약서 없이…."

지침서를 위한 지침서

　나는 서점에서 수북이 쌓인 지침서 중 한 권을 펼쳐 첫 페이지의 인용문을 읽었다.

　"그가 나와 잘 맞았기 때문에 사랑한 게 아니었다. 우린 그냥, 사랑에 빠졌다."

　"뭐 읽어?" 캥거루가 물었다.

　"〈나를 사랑하는 방법〉, 그리고 부제가 〈불륜도 사랑이다〉야." 나는 이렇게 대꾸하며 베스트셀러 진열대에서 내려와 캥거루에게 책을 건네주었다.

　"그게 제목이야?" 캥거루가 의심스러운 듯 물었다.

　"응." 내가 대꾸했다. "결혼과 이혼 생활 지침서였어. 암튼 이 책 첫 페이지의 문장, 누가 한 말인지 궁금하지 않아?"

　"전혀." 캥거루가 대꾸했다. "전혀 안 궁금해. 요샌 개나 소나 책 쓰면서 인용문 하나 떡 붙여 놓으면 유식한 줄 알아. 인용문 열 개 들어 있으면 문학 작품이 되고, 인용문 백 개 들어 있으면

베스트셀러냐."

말은 그렇게 했지만, 캥거루는 첫 페이지를 펼쳐 그 아래 쓰인
걸 중얼거리며 읽었다. "로버트 레드포드(탐 부커 역), 영화 〈호스
위스퍼러〉 중에서."

캥거루는 한숨을 쉬며 고개를 흔들었다.

"이 서점에 소설책이라고는 눈 씻고도 찾아볼 수 없다는 거
알아?" 캥거루가 물었다.

"응. 대신 온갖 종류의 지침서가 있어." 나는 옆에 있는 책 한
권을 손에 들었다. "이거 봐!! 제목이 〈건방진 캥거루와 동거하
는 법〉이래."

"흥." 캥거루가 비웃었다. "지침서로 뭘 배울 수 있다는 생각
자체가 틀려먹었어."

"아니야, 가능해!" 내가 말했다. "나 예전에 〈하룻밤에 백만장
자 되는 법 : 신흥 시장과 주식 투자〉라는 책 샀었어. 그때 울 아
버지는 은행에 있는 돈 전부를 나에게 투자했다고. 왜냐면 〈자식
에게 투자하기〉라는 지침서를 읽으셨었거든…."

"그래서 어떻게 됐어?" 캥거루가 물었다.

"2달 만에… 다 날렸지."

캥거루가 놀랍다는 표정을 지어 보였다.

"텔레콤, 지멘스, 카르고리프터."[1] 내가 말했다.

---

1 독일의 기업들. 주가 폭락으로 투자자들에게 큰 손해를 끼침. (옮긴이)

캥거루가 눈을 깜박거렸다.

"그럼 대체 지침서의 존재 이유가 뭐임?" 캥거루가 물었다.

"나의 경우 하룻밤에 백만장자가 되진 않았지." 나는 말을 이었다. "하지만 전혀 얻은 게 없진 않았어."

캥거루가 고개를 끄덕였다. "엿 같은 자본주의 시스템에 대해 깨달았겠지!"

나는 서점을 빙 둘러보았다. 서점 내의 도서는 다섯 가지 핵심 주제로 분류되고 있었다 : 당신은 못생겼다, 당신은 머리가 나쁘다, 당신은 섹스를 못 한다, 당신은 가난하다, 당신은 총체적으로 다 부족하다.

나는 책 몇 권을 집어 들었다.

합법적으로 세금 안 내는 방법 :
당신의 인생을 세금으로 낭비하지 않는 법

나를 괴롭히는 인간들 :
직장 동료와 싸워서 이기는 법

마음의 평화 찾기 :
일에서 해방되면 문제도 사라진다!

구토의 마법 :
거식증 다이어트! 절대 실패하지 않는 다이어트 팁!

섹스 :
언제나, 어디서나, 누구나! 효과 완전 보장!

"이거 봐봐!" 나는 책 한 권을 꺼내 들었다. "이거 죽이는데!"

지침서를 위한 지침서 :
지침서, 이제 내가 쓴다!

나는 책 뒤에 쓰인 안내문을 읽었다.

"요한계시록에 등장하는 멸망의 천사가 대중을 덮치듯, 포스트모더니즘 시대의 현대인들은 융통성을 강요당하고, 안전감각을 상실한 채 정신이상 증세에 시달리며 하루하루를 살아가고 있습니다. 현대 사회는 전통이라는 잔해 속에서 방향을 잃고 어찌할 바를 몰라 방황하는 집단과 다를 바 없습니다. 사회가 대중 매체를 통해 선전하는 아름다움이나 세련됨, 행복이란 결코 도달할 수 없는 이상향으로, 결국에는 모든 이를 자아 위기로 치닫게 만듭니다. 이러한 불안한 사회 풍조는 돈벌이가 됩니다! 자, 이제 지침서를 쓰세요!"

"에휴!" 캥거루가 손을 내저으며 한숨을 내뱉더니 그대로 서점을 껑충거리며 뛰어나가 버렸다. 캥거루가 시야에서 사라지자, 나는 아까 봤던 건방진 캥거루에 관한 지침서를 몰래 티셔츠 속으로 집어넣었다. 어쩌면 도움이 되는 내용이 있을지 누가 알겠는가.

노자마

서명 하나 남기지 않은 사람
사진 한 장 남기지 않은 사람
어디에도 참석한 일 없고, 말 한마디 흘리지 않은 사람
그런 사람을 어떻게 붙잡을 수 있단 말인가?
증거를 인멸하라!
– 베르톨트 브레히트, 〈도시 거주자들을 위한 지침서〉

"싫어. 안 해." 캥거루가 말했다.

"뭐가 싫다는 건데?" 나는 짜증 섞인 목소리로 물었다. "신규 회원 가입을 해야 DVD를 공짜로 빌리지."

캥거루는 고개를 흔들었다. 캥거루 생일이라 영화나 빌려 보려고 DVD 대여점에 왔다. 뭘 볼지 정하는 데에만도 두 시간이 걸렸는데, 산 넘어 산이라고 이번엔 계산대 앞에서 이 짓을 하고

있다니 믿을 수가 없다.

"난 어떤 가입도 원하지 않아." 캥거루가 말했다. "나는 절대 회원 정보 데이터베이스에 등록되지 않을 거야. 내가 어떤 영화를 보는지 국가에서 알게 놔두지 않을 거야."

나는 내 손에 들린 두 개의 DVD를 바라보았다. 〈튜니티 공중탈출〉과 〈악어와 하마〉다.

"네가 버드 스펜서 영화를 보는 걸 국가에 들키기 싫다는 거야?" 나는 눈을 치켜뜨며 물었다.

"항상 그렇지만, 원칙의 문제야." 캥거루가 말했다. "나는 투명인간이야. 난 계산도 절대 카드로 안 한다고."

"이건 짚고 넘어가야 할 것 같다." 나는 캥거루에게 사실을 환기시켰다. "카드는커녕 돈도 안 내잖아."

"난 투명인간이야." 캥거루는 내 말은 들은 척도 안 했다. "나는 어디에도 회원 가입 같은 거 안 했고, 포인트도 안 모으고, 캥거루연합 회원도 아니고, 아마존 위시리스트조차 없다고."

"그래, 좋아." 내가 대꾸했다. "투명인간이라고 치자. 근데 발신자 표시제한으로 전화 오면 너라는 거 딱 알거든."

"암튼 영화는 네 카드로 빌려." 캥거루가 말했다.

"그럼 내가 또 돈 내야 되잖아." 나는 투덜거렸다.

"내가 너한테 그 정도도 안 돼?" 캥거루가 물었다. "나 오늘 생일인데, 그 정돈 해 줘야지."

"오늘이 네 생일인지 어떻게 알아!" 내가 소리쳤다. 캥거루는 매해 랜덤으로 정한 날짜를 생일이라고 우기고는 생일 파티를 강행했는데, 목적은 국가 비밀 정보국을 교란하기 위한 거라나.

"생일이 일정하면 안전하지 않아." 캥거루가 말했다. "어쩌면 오늘이 내 진짜 생일인지도 모르지. 사실은 내 진짜 생일이 언젠지 잊어버렸어. 잊어버리는 거야말로 나를 지키기 위한 완벽한 방법이야."

"그럼 나도 걱정 안 해도 되겠네." 내가 말했다. "나도 잘 잊어버리지만, 내가 뭘 잊어버렸는지조차 잊어버리니까."

"재밌냐?" 캥거루가 말을 이었다. "그래, 재밌겠지. 감옥에 갇히기 전까지만. 저들은 네가 〈에듀케이터〉를 열 번 빌려다 본 걸 가지고 뭐라 하지는 않을 거야. 하지만 세무 신고가 부정확하다고 잡아넣을 테지. 네가 아마존에서 지난번에 구입한, 그 바보 같은 〈무정부주의자를 위한 요리책〉 때문에 널 집어넣진 않겠지. 네 죄명은 '불법 음원 다운로드'일 거야."

"다들 다운받잖아." 내가 말했다.

"내 말이!" 캥거루가 외쳤다. "저작권법 따위나 만들어서 전 국민을 범죄자 취급하고 철두철미하게 감시한 결과가 뭔지 알아? 아이러니하게도 진짜 다 범죄자가 됐다는 거야. 물론 CD 한 장 굽는다고 감옥에 보낼 수는 없겠지만 만약…"

"근데, 어떻게 하면 너처럼 정부의 눈을 피할 수 있어?" 내가 물었다.

"증거를 남기지 않으면 돼." 캥거루가 말했다. "난 투명인간이거든!"

나는 어이없다는 듯 눈을 까뒤집었다.

"상식적으로 네 흔적을 하나도 남기지 않는다는 건 말이 안 돼." 내가 말했다.

"그럼 가짜 흔적을 남기면 돼." 캥거루가 말했다. "어쩜 그편이 나아. 어디서 우편번호를 물어보면, 시계 한 번 보고 뒤에 0 두 개 붙이면 돼."

"우-훗!" 나는 말했다. "사회라는 시스템을 엿 먹이는 너의 기발함에 경의를 표한다!"

"서명할 때는 가명으로." 캥거루가 덧붙였다.

"예를 들어 어떤 거?" 내가 물었다.

"아…," 캥거루가 당황스러운 표정을 지었다. "음…."

"야! 너 설마!" 나는 소리쳤다.

"암튼 나에 비하면 너는 커머셜 분야 정보요원들한테는 딱 좋은 먹잇감이야." 캥거루가 말했다. "걱정 안 돼?"

나는 잠시 고민했다.

"실은 나 얼마 전에 레코드 가게에서 길 스콧 해론의 〈The revolution will not be televised〉 앨범 샀거든. 그러고 나서 아마존에 접속했더니, '추천 상품' 항목에 그 앨범이 들어 있더라고. 완전 소름 돋더라."

"오히려 안심이지." 캥거루가 심드렁하게 대꾸했다. "네가 벌써 그거 산 건 모른다는 거잖아."

나는 고개를 끄덕였다.

"그건 그렇고, 너 아마존(AMAZON)을 거꾸로 하면 뭔지 알아?" 캥거루가 말했다.

"몰라." 나는 잠시 고민했다. "N. O. Z. A. M. A?"

"맞아!" 캥거루가 말했다.

"그래서 뭐?" 내가 물었다.

"노짜마 빈 라덴이라고 들어는 봤나, 청년?"

"도대체 무슨 말을 하고 싶은 건데?"

"나는 무슨 말을 하고 싶은 게 아닐세." 캥거루가 말했다. "그냥 그렇다는 거지."

토크쇼

자정을 조금 남겨 두고 내 핸드폰이 울렸다. "일어나! 전화 받아 자식아! 네가 하던 거 당장 집어치우고 전화나 받아! 누가 너랑 대화하고 싶다잖아. 아마 네가 겁나 필요한 겁나 중요한 일일 거야! 일어나! 전화 받아 자식아…" 핸드폰 디스플레이 액정에는 발신자번호 표시제한이 떠 있었다.

나는 전화를 받았다.

"너의 그 병신 같은 자아비판 벨소리를 매번 내 핸드폰에 맞춰서 넣어 주는 네 눈물겨운 노력에 박수를 보내." 내가 말했다.

"뭘 그 정도 갖고." 캥거루가 대꾸했다. "건 그렇고, 지금 거실함 가 봐!" 그러고는 전화를 뚝 끊었다.

물론 엄청 짜증이 올라왔지만, 요요를 손에 걸고 슬리퍼를 끌며 거실로 가 보았다. TV가 켜져 있었다. 캥거루의 모습은 보이지 않았다.

나는 소파에 벌렁 드러누워 TV를 봤다.

여성 앵커가 내게 인사했다. "안녕하세요, 심야토론 〈12시 5분 전〉입니다. 현재 시각은 12시 5분을 지나고 있습니다."

"안녕하세요." 나도 인사했다. TV 속의 사람과 얘기하는 이 이상한 버릇이 언제부터 생겼는지 나도 모르겠다. 근데 이놈의 캥거루는 도대체 어디 있는 거야? 라고 생각하고 있을 때, 나는 내 입에서 튀어나오는 "저 새끼 저기서 뭐하고 있는 거야?!?" 소리를 들었다.

화면 안에서 캥거루가 이쪽을 바라보며 천진하게 앞발을 흔들어 보였다. 녀석은 앵커와 다른 세 명의 출연자들과 함께 원형 테이블에 앉아 있었다.

"야, 너 TV 출연했어?" 나는 얼이 빠져서 외쳤다.

"네!" 하고 앵커가 대답했다. "오늘 우리는 두 가지 흥미로운 주제로 토론을 진행하게 됩니다. 첫 번째 주제는 '중국-거대한 대륙이 몰려온다'가 되겠습니다. 토론을 위해 경제 전문가인 팀 올라프 미네 박사님을 모셨습니다."

"나 쟤 알아." 내가 말했다. "일명 생계형 전문가!"

카메라가 미네 박사 쪽으로 포커스를 잡았다. 미네 박사는 화면 속에서 웃으며 손을 흔들어 보였다. 화면 아래에는 다음과 같은 자막이 지나갔다.

팀 올라프 미네 박사 : 경제 전문가

"그리고 다음으로 소개해 드릴 분은… 에…," 앵커는 당황해서는 손에 든 카드를 후다닥 넘겨보았지만 성공한 것 같지는 않았다. "에…, 리욱 씨는…," 스텝 한 명이 달려와 앵커의 귀에 속삭인 다음 사라졌다. "이 동네에서 중식당을 운영하신다고 하네요."

그리고 다음과 같은 문구가 표시되었다.

리욱 씨 : 중국인

"옛날에 〈사비네 크리스티안센 쇼〉[1]에서 벌어졌던 전설적 일화가 떠오르는군." 나는 리욱 씨를 향해 웃어대며 말했다. "교육 정책에 관한 토론에 로버트 앗쪼른이 초대됐었지. 드라마에서 선생님 역할을 맡았었다는 이유로."

리욱 씨는 무슨 할 말이 있는 것 같아 보였지만 앵커가 그의 말을 막았다. "다음 게스트는 캥거루 씨…."

카메라가 캥거루의 얼굴에 포커스를 잡았다. 캥거루는 팔짱을 끼고 입은 굳게 다문 채 고개만 까딱했다.

"제법이네. 정치적으로 민감한 주제에 게스트로 초대되다니." 내가 말했다.

"…그리고 여기 프로인들리히 씨와 애견 셰퍼드가 오늘의 두 번째 주제인 '동물의 세계 : 동물들이 우리에게 원하는 것은?'에 게스트로 초대되었습니다."

"아, 그런 거였군." 나는 중얼거렸다.

"먼저 경제 전문가이신 미네 박사님의 말씀을 들어보도록 하 겠습니다." 앵커가 말했다.

---

1 독일의 유명 토크쇼. (옮긴이)

"캥거루가 이 기회를 그냥 지나칠 리 없다에 한 표." 내가 말했다.

"저는 이 대형 로비스트 쇼를 지켜보고 있는 시청자 여러분께 짧게 한 말씀 드리고자 이 자리에 나왔습니다!" 아니나 다를까, 캥거루가 냉큼 끼어들었다.

"봤지?" 내가 키득거렸다.

"먼저…," 캥거루가 말했다. "경제 전문가라는 것에 대해 논의해 봐야 합니다. 예를 들어 여기 앉아계신 미네 박사님 같은 분은 중국에는 관심이 없습니다. 매일 세 가지 다른 일을 하며 공업의 노예가 된 부모를 둔 중국 아이가 있다고 해도 신경 안 쓰시죠. 현실적으로 봤을 때, 우리가 말하는 전문가라는 직업은 먹이 사슬의 다른 상위 단계에 해당할 뿐입니다."

"하하! 내 말이 그 말이야." 나는 신나서 말했다.

"달리 말하면, 모든 분야를 막론하고 제대로 아는 게 하나도 없는 게 소위 전문가라는 사람들이죠." 캥거루가 말했다. 화면 밑에는 다음과 같은 문구가 표시되었다.

말하는 동물 : 캥거루

"아, 캥거루 씨. 말씀 감사한데요, 먼저 전문가이신 미네 박사님께 한 말씀…." 앵커가 우는 목소리로 말했다.

"옛날에 크리스티안센의 토크쇼는 ARD[2] 내부에서 '징징이 쇼'

---

2 독일의 제1공영 방송사. (옮긴이)

로 불렸었지…." 나는 이렇게 말하며 잠시 생각에 잠겼다. "TV랑 얘기하는 건 당장 그만둬야지. 완전 병신 같아."

"…미네 박사님, 현재의 경제 상황에 대해 한 말씀 해 주시죠."

"그래, 어디 함 떠들어 봐!" 내가 외쳤다. "완전 기대되는데."

"아니, 백만 번 입으로 토해놓은 걸 다시 한 번 토하는 게 어렵겠습니까?" 캥거루가 말했다. 그러나 캥거루의 독설도 이 '전문가'의 정신력을 이기지는 못하는 것 같았다.

"전문가로서 저의 견해는 각 계층 간의 관계를 꽉 조여 매는 게 급선무라고 생각합니다. 우리는 목적과 필요성에 의해 살아갑니다. 우리 사회에 선택지란 없습니다. 그리고 세금 인상은 어떤 상황에서든, 어떤 이유에서든, 어떤 핑계를 대든 불가피하다고 생각합니다."

"죄송하지만, 저는…." 리욱 씨가 작은 목소리로 입을 열었다.

리욱 씨 : 중국인

"죄송합니다만, 조금 있다가 발언권을 드릴게요." 앵커가 당부했다.

"미친! 저 남자한테도 발언권을 주라고!" 나는 언성을 높였다. 그러고는 생각했다. '나 완전 병신 같아.'

"저는 쌀밥이 싫습니다." 갑자기 프로인들리히 씨가 끼어들었다.

프로인들리히 씨 : 인사하는 애완견 주인

"저도 실제로 중국에 가 본 건 이번이 처음입니다." 미네 박사가 말했다.

"중국놈들은 독일의 일자리를 빼앗아 가고 있소." 프로인들리히 씨가 무뚝뚝하게 자신의 의견을 말했다.

"내 일은 아무도 안 뺏어가는데." 내가 중얼거렸다. "제발 누가 좀 뺏어갔음 좋겠네."

"…그리고 중국인들의 직업 정신은 대단합니다. 하루에 여섯 시간이 아니라 열여섯 시간 일하는 것도 마다치 않습니다." 미네 박사가 말을 이었다.

프로인들리히 씨가 흥분해서 언성을 높였다. "그게 바로 중국인들이 우리 일자리를 뺏어간다는 거요. 일자리 한 개가 아니라, 두 개나!"

"아저씨, 잘 들어봐!" 캥거루가 소리쳤다.

"프로인들리히 씨라고 해!" 프로인들리히 씨가 말했다.

"프로인들리히[3] 좋아하시네." 캥거루가 말했다. "친절은 개뿔. 13억 중국인 중에서 아이나 노인 빼고 노동자 수는…."

"노인만 빼야 해요. 중국에서는 애들도 일한다구요." 리욱 씨가 덧붙였다.

"암튼," 캥거루가 말을 이었다. "대략 십억 명의 중국 사람들한테, 너희가 뺏어간 일자리 한두 개를 포기하겠냐고 물어본 다음에 이 일자리를 독일로 수입하면 약 8천2백만 명의 독일인한

---

3 Freundlich : 독일어로 친절하다는 뜻. (옮긴이)

테 일자리가 생기는 거야. 아, 오스트리아도 넣자!"

"독일에 왜 오스트리아가 들어가." 프로인들리히 씨가 투덜거렸다. 애완견 셰퍼드도 짖어댔다.

"제발요…." 앵커가 중얼거렸다.

"기왕 이렇게 된 거 스위스도 넣어버려." 캥거루가 말을 이었다. "다시 말해, 독일 제국 내에 1억 개의 새로운 일자리가 창출되는 거지. 할아버지, 할머니, 아빠, 엄마, 애들 모두 80시간 더 일할 수 있는 거야! 이보다 좋을 수가 있겠어?"

프로인들리히 씨가 어리둥절한 눈으로 좌중을 둘러보았다.

"더 대단한 걸 말해 줄까?" 캥거루가 말했다. "중국인의 시간당 급료를 고려하면, 경제 상황은 더도 덜도 아닌 딱 지금과 같은 수준일 거야. 탐욕스러운 중국인들의 일자리를 털어오면 진짜 좋은 점이 많다는 거지!"

"저 중국인 아닙니다!" 리욱 씨가 외쳤다. "전 한국사람이에요!"

리욱 씨 : 중국인

"한국인들도 우리 일자리를 뺏어가는 건 마찬가지야." 프로인들리히 씨가 말했다.

"저도 실제로 한국에 가 본 건 이번이 처음입니다." 미네 박사가 말하는 동안 캥거루는 입으로 "피융, 피융, 피융." 하는 소리를 내면서 미네 박사를 향해 물총을 쏘아댔다.

스태프가 달려와서 캥거루의 물총을 빼앗으려 했다.

"야! 그거 내가 내 돈 주고 산 거라고!" 나는 TV에 대고 고함을 질렀다. "남의 물건을 소중히 여길 줄 알아야지!"

"프로인들리히 씨! 말씀 중 죄송합니다만, 이 프로에는 왜 나온 건가요?" 앵커는 방송 말아먹었다는 절박감과 난처함 때문에 정신줄 놓을 것 같은 얼굴로 물었다. "댁의 애완견은 도대체 뭘 할 수 있나요?"

"히틀러식 인사요!" 프로인들리히 씨가 명령을 내리자 셰퍼드가 앞발을 착 들어 세웠지만 갑자기 화면이 검은색으로 바뀌면서 방송이 중단되었다.

그리고 화면이 돌아왔을 때 프로인들리히 씨는 바닥에 뻗어 있었고, 캥거루는 빨간 권투 장갑을 낀 채 셰퍼드에게 쫓기고 있었다. 셰퍼드는 카메라를 향해 미친 듯이 짖어댔고, 화면은 다시 검은색으로 바뀌었다.

집에 도착한 캥거루의 꼬리 끝에는 붕대가 감겨 있었다.

"똥개 새끼가 내 꼬리를 물고는 안 놓지 뭐야." 캥거루가 투덜댔다.

"그래서?" 내가 물었다.

"내가 히틀러식으로 인사를 했지." 캥거루가 말했다. "그랬더니 개가 얼른 꼬리를 놓더니 경례를 하더라고. 그때 뺑 차 버렸어."

"그래서, 그다음엔 어떻게 됐어?"

"거기 있던 중국 사람한테 줬어."

"한국 사람이야." 내가 말했다.

"알게 뭐야!" 캥거루가 말했다.●

● 방송 문구에 표시되었던 리욱 씨의 원래 이름은 김창동 씨이며 중국인도 아니고 중국집을 운영하지도 않는 것으로 확인되었다. 그는 방송의 두 번째 주제에 대한 게스트로 초대되었다. 김창동 씨는 동물심리학자이다. (저자 주)

진실

"…그리고 바로 이게 진실이야!" 나는 말을 맺었다. "완벽하고 온전한 진실."

"아니야." 캥거루가 말했다. "완벽하고 온전한 진실이 뭔지 알고 싶어? 진실은 말이지 ███████████████

███████████████████████████████████

███████████████████████████████████

███████████████████████████████████

███████████████████████████████████

그래서 (그리고 바로 그 이유 때문에) ███████████████

███████████████████████████████████

███████████████████████████████████

███████ 망할 그 협회 ████████████

███████████████████████████████████

███████████████ 이해가 돼? ███

바로 그런 이유로(그리고 바로 그 이유 때문에)

이게 바로 진실이야."

"나 눈물 나와." 내가 말했다.

"당연하지." 캥거루가 말했다.

말과 인간, 그리고 캥거루

캥거루가 주머니에서 마른 담뱃잎이 들어있는 깡통과 담배 종이를 꺼내서는 내 탁자 위에 올려놓았다.

"이거."

"어쩌라고?" 내가 물었다.

"좀 말아 봐." 캥거루가 대꾸했다.

"나 맥주 뚜껑도 라이터로 못 따는데, 도대체 무슨 근거로 내가 담배를 말 줄 알 거라 생각해?" 내가 말했다.

"잘났네." 캥거루가 말했다. "담배 피우는 인간이 담배 말 줄도 모르고. 아주 대단하셔."

"응." 내가 대꾸했다.

"자랑이냐?" 캥거루가 물었다.

"옙! 그렇습니다." 나는 군대식으로 경례했다.

"시킨 내가 잘못이지…." 캥거루는 한숨을 쉬었다. 나는 캥거루가 낑낑대는 걸 잠시 바라보았다.

"그냥 포기하지그래?" 내가 말했다. "너 엄지손가락도 없잖아."

캥거루가 한숨을 쉬었다. 나는 절반 정도 말다 만 담배를 넘겨받아서는 서툴게 말아 불을 붙여 주었다. 캥거루가 담배를 한 모금 강하게 빨았다.

"나 어디서 들었는데, 말은 토하지 못한대." 이렇게 말하며 캥거루는 연기를 고리 모양으로 허공에 퐁퐁퐁 띄웠다. "그니까 말의 위는 생물학적으로 먹은 음식을 확인하지 못하도록 만들어져 있대. 그래서 예를 들어, 말에게 고추 꼬투리를 사료로 먹이면 죽는대."

"아하." 나는 캥거루한테서 담배를 받아들고 한 모금 빨았다. 그리고 기침을 콜록콜록해댔다. "우워! 이거 뭐야 대체?"

캥거루는 담배를 받아 들고는 깊게 빨았다.

"그래서, 생각해 봤어. 인간은 이 세계를 지배할 수 있는데 왜 말은 못하는가?" 캥거루가 말을 이었다. "만약, 말들이 이 세상의 이치를 깨닫게 되면 정말 토하고 싶어질 거야. 토하고 싶은데 토할 수 없으니 죽는 거지. 이게 바로 말들이 자의식 각성에 도달할 수 없고, 생각할 수도 없고, 먹이사슬 꼭대기에서 지배하는 대신 놀이 공원 마차나 끌고 있는 이유야. 지금도 앞으로도 이 세계는 자연이라는 시스템에 떨어진 폭탄, 침팬지 DNA의 비극적인 돌연변이인 미친 동물 인간에 의해 지배될 거야." 캥거루가 작은 연기 고리를 내뿜어서는 큰 연기 고리 사이로 통과시키며 말했다.

"너 또 신문 읽은 거야?" 내가 물었다. "너 이제 다시는 신문 안 읽겠다고 선언한 거로 아는데."

나는 담배를 조심스럽게 빨고는 터져 나오는 기침을 억눌렀다.

"신문 따윈 안 읽어!" 캥거루가 언성을 높였다. "TV에서 봤어."

"어이쿠야."

"내가 봤던 프로그램이…," 캥거루가 연기를 뿜어내며 말을 이었다. "정글캠프라더군. 자, 이제 인간이라는 종을 대표해서 뭐라고 변명 좀 해보지?"

"내가?" 나는 이렇게 물으며 뒤통수를 긁었다.

"응." 캥거루가 말했다. "너 말고 여기 누구 다른 인간 있어?"

"나는 그러니까…"라고 말은 했고/했지만 내 사고 속도가 현저히 떨어지기 시작했다. 그때 벽에서 유령 하나가 기어 나왔다. 공산주의의 유령이었다. 녀석은 불안한 눈빛으로 주위를 둘러보았다. 그래서 우리의 대화에는 길고 어색한 침묵이 이어졌다. 나는 유령을 탐색하듯 바라보았다.

"아, 그렇군요. 흠." 유령이 수줍게 입을 열었다. "제가 불편하게 만든 것 같군요…. 많은 사람이 절 싫어하니까요…."

"헛소리! Come, as you are!" 캥거루가 말했다.

이 주머니 동물이 너바나 노래 가사 인용하는 데 신물이 난다.

"As you were, as I want you to be!" 캥거루가 외쳤다.

필름 끊김

"근데 너 정말 뒷걸음질 못 하냐?" 내가 물었다.

"못 해." 캥거루가 뒤로 뛰어 보았지만 꼬리에 걸려 비틀거리다가 넘어졌고, TV가 부서졌다. 우리는 좀 모자라는 애들처럼 웃어댔다. "캥거루는 앞으로만 전진한다!" 캥거루가 헐떡거렸다.

"우리에게 후퇴란 없다!"[1] 내가 외쳤다. "어떻게 보면, 전진식으로 살면 네가 말했던 사회주의가 예정론적으로 확정되는 거지… 리프크네히트[2]가 그랬잖아!"

"호네커야."[3] 유령이 속삭였다.

필름 끊김

"…그러고는 몇 년마다 선거를 반복하지. 이때 너희들한테 유해한 인간들을 뽑는 것도 모자라, 그 유해한 인간들을 다시 뽑아주기 위한 선거도 하지." 캥거루가 새된 소리로 외쳤다. "너희 인간들은 저-어-엉-말 멍청해!"

"멍청한 게 아니야." 내가 반박했다. "그냥… 미개하다고 하자. 요새 사람들은 투표라는 걸 〈빅브라더〉[4] 같은 TV 프로그램에서나 하는 거로 생각하는 걸 뭐. 투표 칸막이에 들어간 다음, 개들

---

1 동독 건국 40주년 표어. (옮긴이)
2 독일의 사회주의 정치가. (옮긴이)
3 동독의 서기장을 지냈던 사회주의자. (옮긴이)
4 TV 리얼리티 쇼. 참가자들이 한 집에서 같이 생활하며 매주 탈락자 1명을 투표함. 마지막까지 남은 사람은 큰 상금을 얻게 됨. (옮긴이)

중 누군가를 뽑는 게 아니라 탈락시키려고 투표하는 거야."

"그거 말도 안 되게 말 되는데!" 유령이 말했다.

"나 〈정글캠프〉 도전자 명단에 지원해 볼래." 내가 말했다.

"나도 정글에 있던 때가 있었지…." 캥거루가 중얼거렸다. "베트남의 깊은 정글…."

"근데 〈정글캠프〉에 나가면 역겨운 시험을 통과해야 해." 나는 담배를 피우며 멍하게 말했다. "거미가 몸 위로 기어가게 한다든가, 캥거루 불알을 먹는다든가."•

"캥거루 뭘 먹어?" 멍하니 늘어져 있던 캥거루가 불쑥 외치더니 몸을 꺾었다. "나 토할 거 같아…."

필름 끊김

"자연은 그 피조물들에게 각각 서로 다른 선물을 주었지." 캥거루가 말을 이었다. "독침, 초음파, 몇 미터 길이의 목, 아가미, 갑각, 점프력, 배주머니. 그런데 예상외로, 엄지손가락이야말로 이 세상을 지배할 수 있는 무기였던 거지…."

"야, 일루 줘. 내가 말게." 나는 캥거루가 말던 담배를 말았다.

"그럼 내가 커트 코베인 일기에서 몇 가지 읽어 줄게." 캥거루

• 미래의 독자들에게 드리는 말씀: 아마 이 정도 일로 호들갑을 떠는 인간들이 당시 시대에 존재했다는 사실에 놀라실지도 모르겠다. 하지만 당시만 해도 한 공영 방송에서는, 스포츠 경기 시 펜스와 운동복 위에 게재되는 광고가 지나치다고 판단하여 이에 항의하기 위해 축구 경기 중계방송 자체를 중단했던 적도 있었다. 그랬었다. 참 놀라운 시대였다. (캥거루 주)

가 말했다.

"우워, 싫어! 절대 하지 마!" 나와 유령이 동시에 외쳤다.

필름 끊김

우리는 공산주의의 유령과 함께 날씨와 TV 프로그램에 대해 수다를 떨었다. 유령은 정글캠프에 함께 지원하자는 제안을 고심 끝에 거절했다. 캥거루는 자신의 정글 체험에 대한 몇 마디 알 수 없는 말을 늘어놓았다.

"만약 내가 TV에 출연하면, 그들이 나를 뒤쫓을 거야." 유령이 갑자기 말했다. "나를 추적해서 내 목을 조를 거야!"

"누가?" 캥거루가 깜짝 놀라 물었다.

"교황과 차르가!" 유령이 외쳤다. "또 메테르니히[5], 귀조[6], 프랑스 급진주의자들이랑 독일 경찰이! 나 중고 서점에서 산 어떤 책에서 읽었어."

"《공산당 선언》!" 캥거루가 눈을 빛내며 말했다.

"야!" 내가 말했다. "메테르니히나 차르는 예에엣날에 뒈졌고, 귀조는 그 뭐냐⋯."

"프랑소와 피에르 기욤 귀조는 1848년 2월 혁명 당시 내각이었어." 캥거루가 퀴즈 게임에서 얻은 지식을 뽐냈다.

5 오스트리아의 정치가. 혁명을 탄압함. (옮긴이)
6 프랑스의 국회의원. (옮긴이)

"뭐가 됐든." 내가 대꾸했다. "아무튼, 얘도 오래전에 뒈졌고."

"하지만 독일 경찰이 있잖아!" 캥거루가 따졌다.

"그리고 교황도!" 유령이 말했다. "교황은 아직도 쌩쌩해."

"그치 교황이 있었지…." 캥거루가 중얼거렸다.

"너희들 좀 편집증적이라고 생각 안 하냐?" 내가 물었다.

"Just because you're paranoid. Don't mean they're not after you." 캥거루는 이렇게 흥얼거리고는 외쳤다. "너바나!"

"야!" 내가 외쳤다. "이거랑 너바나랑 무슨 상관인데?"

"〈네버마인드〉 일곱 번째 트랙이야. 좀 틀어 봐!"

필름 끊김

캥거루가 보드카를 한 잔 더 따랐다. 유령은 화장실에 널브러져 있다. 그리고 변기와 심오한 대화 중이다. 먼저 비스마르크[7]가 위에서 반란을 일으켰고, 고르바초프[8]가 결정타를 먹였다.

"나스트로브예!"[9] 캥거루가 외쳤다.

"왠지 오늘 끝이 불길한걸!" 나는 말하며 잔을 비웠다.

"Nevermind!" 캥거루가 외쳤다.

필름 끊김

7, 8 독일 위스키 브랜드. (옮긴이)
9 러시아 어로 '건배'라는 뜻. (옮긴이)

결정적 결함

나는 내 사촌이 2주간 휴가 가면서 맡기고 간 애완동물 유르겐과 함께 소파 앞 바닥에 앉아서, 얼마 전까지 TV가 있던 자리를 노려보고 있었다. 갑자기 쿵쾅거리면서 캥거루가 문을 열고 들어왔다. 그러고는 TV가 있던 곳에 거대한 갈색 상자를 쿵 하고 내려놓았다.

"짜잔!" 캥거루가 외쳤다. 그러고는 숨을 가쁘게 몰아쉬며 이마에서 흐르는 땀을 닦아냈다.

"뭐야?"

"뭐로 보이는데?" 캥거루가 되물었다.

"피라미드 벽돌? 아니면 고대 유물?"

"TV잖아!" 캥거루가 말했다.

"알어."

"그렇게 옛날 건 아니고, 동독 시절 앤틱이라 그래. RFT[1]사 컬러룩스 모델이야. 당시엔 최고 모델이었어."

"혹시 여기에 오토바이 엔진이라도 들어가 있는 거 아냐?" 내가 물었다.

"하하. 놀라지나 마." 캥거루가 플러그를 꽂을 콘센트를 찾으며 말했다.

"이런 건 어디서 주워 온 거야?"

"마르찬 자치구²에서. 거의 새거야."

"어딜 봐서…."

"광고에는 '무료로 드립니다. 서두르세요! 10시 이후엔 없을 가능성 큽니다'라고 적혀 있었어."

"낚시네, 낚시." 내가 말했다.

캥거루는 몸을 숙여 TV 거치대 밑으로 기어들어가서 플러그를 꽂은 후 TV를 켰다. 순간, 펑 소리와 함께 우리는 어둠 속에 앉아 있었다.

"지하실 가서 두꺼비집 올리고 올게." 캥거루가 말했다.

"알았어."

십 분 후 캥거루가 돌아왔다.

"우리 동 전체가 다 나간 것 같아." 캥거루가 말했다. "뭐해?"

나는 손에 라이터를 들고 TV 뒤에 앉아 있었다. "여기다 비디오 연결해 보려고. AV 꽂는 데 어딨어?"

"몰라." 캥거루가 대꾸했다.

1 동독 국영회사. (옮긴이)
2 베를린 시 구 동독 자치구의 빈민가. (옮긴이)

"야, 이거 좀 봐봐!" 내가 갑자기 외쳤다. TV에 누군가가 이름을 써 놓았기 때문이다.

"에리히 호네커." 캥거루가 그대로 읽더니 감탄했다. "설마?"

불이 다시 들어오고 TV가 요란한 소리를 내며 켜졌다. 나는 킁킁거리며 냄새를 맡았다.

"아, 이 냄새? 옛날 건 다 그래. 몇 분 지나면 없어져." 캥거루는 냉장고 문을 열고 마지막 남은 내 바닐라 푸딩을 꺼내며 말했다. 나는 유르겐과 함께 소파에 기대어 채널을 탐색했다. 한 채널에서 토크쇼가 방송되고 있었다.

"토크쇼 한다." 나는 부엌 쪽으로 외쳤다. "같이 볼래?"

캥거루는 문에 기대서 유르겐과 나를 보며 고개를 흔들었다.

"너희는 참 잘 어울려." 캥거루가 말했다. "인간과 개는 진화의 하등 단계에 위치하고 있지. 개는 다른 개가 싸 놓은 똥에 관심을 가지잖아. 인간도 비슷하고. 그리고 난 토크쇼가 싫어."

"흠. 보아하니 같이 보고 싶지는 않지만 옆에서 잘난 척 떠들어대고 싶은 거군." 나는 유르겐에게 이렇게 말하며 캥거루 쪽으로 몸을 돌려서 말했다.

"그리고 유르겐은 개가 아니라고 몇 번이나 말했어. 골드햄스터라고!"

"햄스터라. 그럼 초대형 울트라 햄스터군." 캥거루가 말했다.

"아니, 얘는 큰 게 아니야. 딱 햄스터 크기라고. 어쩌면 독일 햄스터의 일반적인 크기보다는 작은 편인지도 몰라."

"미쳤군!" 캥거루가 말했다. "넌 지금 그게 돌연변이라고 고백한 거야!"

"그만해!" 내가 말했다. 그리고 갑자기 이상한 느낌이 들었다. "잠깐, 저게 누구야?" 내가 물었다. "저거 크렌츠[3] 맞지? 저 인간이 저기 왜?"

캥거루가 벌떡 일어나더니 채널을 돌려 버렸다. 다른 채널에서는 유아 소년단[4]이 눈밭 위를 행진하며 노래를 부르고 있었다.

"추억의 노래를 들으니 기분 이상해지네." 내가 말했다.

캥거루가 열정적으로 노래를 따라 부르기 시작했다.

작고 하얀 평화의 비둘기가 조국 위를 날아요
어린이나 어른할 것 없이 모두가 평화의 비둘기를 알지요
큰 강과 산과 언덕 위를 날아라
모든 사람에게 평화를 가져다주렴 – 모두가 천 번의 안부를 전하네

나는 멍하니 캥거루를 바라보았다.

"나 이 노래 진짜 맘에 들어!" 캥거루가 말했다. "내 애창곡이었거든."

"아하."

---

3 호네커 사퇴 후 후임자. (옮긴이)
4 동독 당시 사회주의식 어린이 단체. (옮긴이)

"서독은 이런 노래 없어? 우리 자본주의 소년은 저 시절 무슨 노래를 부르셨나?"

나는 생각에 잠겼다.

"생각났어?"

"생각하는 중이야." 내가 대꾸했다. "아! 그게 있었지." 나는 노래를 시작했다.

캥거루가 멍한 표정으로 나를 쳐다보았다.

"아, 몰라. 딴 데 돌려봐." 내가 말했다. 화면에는 깜박이는 불빛만 나타났다.

"이거 채널 두 개밖에 없어." 캥거루가 말했다.

"그냥 아까 걸로 틀어!" 내가 소리쳤다.

"야, 피티 플라치다!"[5] 캥거루가 외쳤다.

캥거루는 제멋대로 노래를 지어 부르더니 채널을 돌려 버렸다. 바뀐 TV 화면에서는 토크쇼가 방송되고 있었다.

"이거 봐봐. 토크쇼 게스트가 누군지 알아보겠어?"

"밀케[6] 아냐?" 캥거루가 눈을 크게 떴다.

"호네커도 있어…." 내가 중얼거렸다.

"우리에겐 전진뿐이다!" 화면 속에서 서기장이 외쳤다. 캥거루와 나는 시선을 교환했다.

"너도 내 생각과 같아?" 내가 물었다.

---

5 독일의 인형쇼. (옮긴이)
6 동독 비밀경찰 간부. (옮긴이)

"무슨 생각하는데?" 캥거루가 물었다.

"이게 정말로 에리히 호네커의 TV라면, 그리고 이걸로 과거를 들여다볼 수 있다면?" 내가 물었다.

"그런 것 같아." 캥거루가 대꾸했다.

"자, 그럼 내가 무슨 생각하는지 맞혀봐!" 내가 말했다.

"라징거 자동차 사건?" 캥거루가 물었다.

"빙고!" 내가 외쳤다. "교황이 몰던 구닥다리 자동차도 20만 유로에 팔리는데, 호네커의 TV라면 아마 더 비싸게 팔릴 거야. 게다가 이걸로 과거도 볼 수 있잖아!"

우리는 즉시 TV를 옥션 경매에 부쳤다. "에리히 호네커의 TV! 놀랍게도 과거 방송이 다 방영됨! 시작가 : 1유로."

10일 후, 경매는 입찰자 없이 끝났다. AV 잭이 없다는 게 결정적이었다.

치즈 종말론

"이 슬라이스 치즈, 왠지 수상해." 나는 냉장고를 향해 말한 후, 식탁에 앉아 있는 캥거루에게도 말했다. "곰팡이가 안 생겨."

이 치즈가 저기 냉장고 구석에서 정사각형 모양의 비닐 포장 상태로 존재해온 지 거의 일 년째다. 그리고, 아직도 치즈에는 곰팡이가 생기지 않았다.

"이거 도대체 뭐로 만든 거지?" 내가 물었다. "치즈라고 부를 수는 있는 거야? 아니면 식용 플라스틱?"

"플라스틱? 그럴지도." 캥거루가 대꾸했다. "아무튼 식용이잖아…."

"여태껏 의심 없이 그냥 지나치던 것들이 갑자기 무서워지는데?" 내가 중얼거렸다.

"언제 안 그런 적 있었어?" 캥거루가 물었다.

"여기 적힌 빌어먹을 유통기한이 나를 조롱하고 있어!" 내가 말했다. "아무리 유통기한이라는 게 물건 사는 사람한테 신선하다는 확신을 주기 위한 상대적인 숫자일 뿐이라지만 말이야, 이건 8개월이나 지났다고! 내가 지금 먹어도 괜찮다면?!"

"뭐하는 거야?" 캥거루가 물었다.

"생명의 위협이 느껴져서 일단 냉장고에서 꺼냈어. 이러면 박테리아가 더 쉽게 증식하겠지."

"내가 시간과 노력을 덜어줄게." 캥거루가 말했다. "네가 지금 하려는 거 내가 해 봤어. 물론 고의는 아니었지만. 아무튼 이 치즈 작년에 2주간 커피머신 옆에 놓여 있던 거야. 물론 곰팡이는 안 생겼고."

"헉!" 내가 소리쳤다. "이건 음모야. 무시무시하고 거대한 음모!"

"그래, 그래." 캥거루가 대꾸했다. "근데 그거 알아? 인터넷 게시판에 들어가 보면 너 같이 생각하는 사람 많아."

"많은 정도가 아니야!"

나는 내 노트북 화면을 캥거루에게 보여줬다. "여기 봐봐."

"노란색의 공포." 캥거루가 홈페이지 제목을 읽었다.

"이 홈페이지 만든 사람은 노란색이야말로 온 지구를 파괴할 색이라고 말하고 있어. 여기 봐. 세기말 핵전쟁에서도 살아남는 유일한 존재는 바퀴벌레가 아니라 가공 치즈다. 정부도 그 사실을 알고 있지만 일반인에게는 1급 기밀이다. 따라서 정부가 노란색을 보면 과민 반응을 일으키는 것이다."

"뭔 소리야?" 캥거루가 물었다.

"뭔 소리냐고?" 나는 언성을 높였다. "폭발에 따른 고열이 가공 치즈를 녹여서 거대한 노란색 용암을 만드는 거야. 그 용암이 지구 위의 초목과, 동물과, 도시와, 마을을 덮으면…, 오 마이 갓!"

나는 그 자리에 얼어붙고 말았다.

"뭐야? 왜 그래?" 캥거루가 물었다.

"달!" 나는 울부짖었다. "혹시 달이 치즈 덩어리가 아닐까? 아니면 적어도 치즈로 덮여 있다거나? 아니면 분화구만 치즈일 수도 있어. 이건 어떤 끔찍한 전쟁으로 인해 벌어진 재앙의 표시가 아닐까? 치즈 용암이 달의 주민을 덮친 지는 얼마나 된 걸까? 이거야말로 저주받은 종말의 가공 치즈의 묵시록이야. 파괴되지도 않고 영원무궁하고 신성하면서도 사악한 존재!"

나는 머리칼을 쥐어뜯으며 바닥에 무릎을 꿇었다.

"그래, 신성하다고 쳐. 맛은 더럽게 없지만." 캥거루는 이렇게 말하며 그 정사각형의 노란 덩어리를 꾸역꾸역 먹어치웠다. 그러고는 트림을 꺼억 하더니 마무리로 위스키 초콜릿 두 개를 주둥이로 던져 넣었다.

"헉!" 나는 몸을 일으켰다.

"안 보이면, 안 무서워!" 캥거루가 말했다.

체인점의 회전목마

"안녕! 다녀왔어." 나는 기타와 배낭을 침대에 내려놓기 전, 부엌에 들어가 짧게 손을 흔들며 말했다.

"나갔다 왔어?" 캥거루가 물었다.

"나 거의 2주 동안 집에 없었거든!" 나는 격분했다.

나는 캥거루와 커피 테이블에 앉았다.

"나 여행했어."

"아, 그래?" 캥거루가 말했다.

"내 여행 어땠는지 전혀 안 궁금해?"

"어땠는데?" 캥거루는 이렇게 대꾸하며 신문에서 눈을 뗐다.

"따분했어."

"아하. 어느 부분이 따분했는지 얘기해 봐."

"혼자서 뭘 한다는 건 바보 같아." 나는 투덜거렸다. "전에는 종종 같이 다녔잖아."

"그 당시엔 지금처럼 하루 건너서 집을 비우지는 않았잖아."

캥거루가 말했다. "하루 건너서 집을 비울 거면 내가 뭐하러 집세를 내야 해?"

"너 집세 안 내잖아." 내가 말했다.

"그건 그래. 하지만 내 말의 핵심 알잖아."

"너 진짜 내가 어디 갔다 왔는지는 관심 없냐?"

"어디 갔다 왔는데?"

"나 기차 여행에 대한 시 썼거든. 함 들어보고 내가 어디 갔다 왔는지 알아맞혀봐."

나는 암송을 시작했다.

체인점의 회전목마[1]
시내에서 중앙역까지 가는 길에

H&M, Zara

스킨푸드, 올리브영

비비큐, 파리바게뜨, 알파문구

카페베네, 스타벅스, 그 옆에는 커피빈

다이소, CGV, 이마트

던킨도너츠, 세븐일레븐

신한은행 옆에는 우리은행

---

1 독일 내 체인점을 한국 실정에 맞게 의역함. (옮긴이)

롯데마트, 홈플러스, GS편의점
김밥나라 옆에는 김밥천국
맥도날드와 아웃백, 뚜레쥬르, 파스쿠찌

...를 지나서 기차에 탔다

풍력 발전기, 풍력 발전기, 풍력 발전기
소음벽, 소음벽
풍력 발전기, 풍력 발전기
터널, 터널, 터널, 터널
풍력 발전기

...기차에서 내려서 길거리에서...

H&M, Zara
스킨푸드, 올리브영
비비큐, 파리바게뜨, 알파문구
카페베네, 스타벅스, 그 옆에는 커피빈
다이소, CGV, 이마트
씨유, 씨유 그리고 올레
LG유플러스, 파파이스
씨유, 씨유, 씨유, 씨유

그래, 자유 시장 경제니까 모두 선택할 자유가 있겠지.
그리고 누군가 여행을 떠난다면, 느끼는 게 있겠지.

"이 프롤레타리아들은 체인점 말고는 잃을 게 아무것도 없겠군…." 캥거루가 중얼거렸다.

와퍼

캥거루가 배가 고프대서 우리는 맥도날드에 잠깐 들렀다.

"와퍼 주세요!" 캥거루가 말했다.

캥거루는 이 같은 행동이 젊은 맥도날드 판매원의 직업적 프라이드에 상처를 입힐 수도 있다는 사실을 모르는 건가? 이런 행동은 캥거루의 무지에서 나오는 걸까, 아니면 판매원에 대한 도발일까?

"와퍼는 없습니다, 손님." 캡 모자를 쓴 판매원이 말했다. "불고기버거나 치즈버거 또는 맥럽은 어떠십니까?"

"와-퍼-주-세-요!" 캥거루는 다시 한 번 또박또박 말했다.

"죄송합니다." 판매원이 말했다. "말씀드린 것처럼 저희 맥도날드에 와퍼는 없습니다. 위의 메뉴판 중에서 주문 가능하십니다."

"아! 그렇군." 캥거루가 말했다. "와퍼 하나 주세요!"

"잘 보세요!" 판매원이 말했다. "고객님은 지금 맥도날드에 와

계시거든요."

"와퍼! 와퍼! 와퍼! 와퍼!" 캥거루가 말했다.

"여기 와퍼 없다구요!" 판매원의 목소리가 높아졌다. "와퍼는 버거킹에서만 팔아요."

"그럼 이렇게 하면 되겠네. 너 버거킹 가서 와퍼 하나 사와, 자식아!" 캥거루가 소리쳤다. 캥거루는 점점 이성을 잃고 있었다.

"저, 그냥 캥거루한테 와퍼 하나 주고 끝내세요!" 나는 이 싸움을 말리려고 끼어들었다.

"나한테는 여기서 와퍼를 주문할 권리가 있어!" 캥거루가 씩씩거렸다. "여기서 다들 와퍼를 주문한다구! 젠장! 내가 캥거루라서 와퍼를 안 주는 게 분명해!"

"이러시면 곤란합니다. 나가 주세요." 판매원이 말했다.

"이러시면 곤란합니다. 제 와퍼를 내놓으시죠!" 캥거루가 말했다.

"계속하면 안전요원을 부를 거예요." 판매원이 빨간색의 보안 버튼에 손을 가져갔다.

"내 권리에 따라 와퍼를 받기 전까지는 절대로 여기서 안 나갈 거거든!" 캥거루가 말했다.

"그래 보든가." 판매원이 캥거루를 무시하고는 다음 주문을 받았다. "어서 오세요, 맥도날드입니다. 주문 도와드리겠습니다."

"와퍼 하나 주세요." 내가 말했다.

판매원은 빨간색 버튼을 눌렀고, 두 명의 남자가 달려왔다. 그들은 '안전요원'이라는 명찰이 달린 유니폼을 입고 있었다.

캥거루가 소리 질렀다. "유니폼 입는다고 개나 소나 안전요원 되냐, 이 멍청한 것들아!"

그와 동시에 우리는 출입구 방향으로 거칠게 밀쳐졌다. 판매원은 계산대 뒤에서 이제야 안심한 듯 숨을 고르며 이 모든 소동이 끝났다고 믿는 것 같았다. 바로 그때, 캥거루가 문틈으로 머리를 들이밀고 소리쳤다. "양키들! 너희는 반드시 죗값을 치르게 될 거야! 베트콩의 게릴라전을 기억하라!"

캥거루는 화가 머리끝까지 나서 껑충거리며 뛰어갔다. 나는 캥거루 뒤를 따라가며 물었다. "그래서, 이제 뭐 할래?"

"버거킹 가야지…" 이렇게 대꾸하는 캥거루의 동공은 작아져 있었고, 뭔가 결심한 듯 날카롭게 번뜩였다.

"…가서 빅맥 주문하자!"

레지스탕스 만세!

지옥의 묵시록

우리는 길을 가로지르며 미친 듯 달렸다. 온 도시에서 광란의 살육이 벌어졌다. 폭발음이 들려올 때마다 캥거루는 경련하듯 몸을 떨었다. 광기 같은 번쩍임이 캥거루의 눈에 비쳤다. 이를 누군가는 내전 발발이라 부르고, 누군가는 베를린의 질베스터[1]라고 부른다.

"질베스터 때 일부러 베를린을 찾는 이들도 있다고." 내가 말했다. "휴가 보내러…."

그때 사건이 터지고야 말았다. 작고 땅딸막한 애송이가 폴란드 암시장에서 구입한 폭음 화약[2]을 우리 쪽으로 던졌다. 그러자 캥거루는 민첩하게 몸을 날려 긴 꼬리를 마치 야구방망이처럼 휘둘렀다. 폭발물은 날아온 방향으로 다시 날아가 애송이의

---

1 새해 자정에 열리는 독일의 축제. 대대적인 폭죽놀이 및 파티가 열린다. (옮긴이)
2 폴란드 암시장에서만 구할 수 있는 폭음 화약은 폭발음이 매우 커 인기를 끌고 있으나 자칫 폭발 위험이 있어 독일 내에서는 금지됨. (옮긴이)

귀 근처에서 폭발했다. 폭발음 때문에 아무 소리도 들리지 않고 감각마저 상실하게 된 적군은, 이어지는 캥거루의 민첩한 어퍼컷이나 양팔의 탈골도 깨닫지 못하는 모양이었다.

"야!" 내가 말했다. "걔 그냥 질베스터에 불꽃놀이 하려는 애송이잖아."

"전쟁을 시작했으면," 캥거루가 말했다. "고통도 배워야지!"

몇 초 동안, 거리는 쥐죽은 듯 조용했다.

그러나 역습이 시작되었다. 사방에서 폭탄이 터졌다. 불붙은 화산이 내 발 바로 옆에 떨어졌다. 나는 두 발짝 뒷걸음질 치다가 화약 찌꺼기를 밟고 미끄러져 넘어졌다. 내가 쓰러지는 것을 본 캥거루의 목구멍에서 울부짖는 소리가 울려 퍼졌다. 그 울부짖음은, 이 세상의 것이라고는 할 수 없을 정도로 참혹했다. "아아아아아아아아안돼애애애애애애애애애!!"

캥거루는 나를 어깨에 지더니 전광석화 같은 속도로 폭발물 가득한 거리를 가로지르며 달렸다.

"야," 내가 말했다. "나 걸을 수 있는데…."

"걱정 마!" 캥거루가 숨을 헐떡이며 말했다. "절대 안 버려!"

"나 괜찮아." 내가 재차 확인시켰다. "나 아무 일도…."

"조용히 해." 캥거루가 말했다. "힘을 아끼라고, 동지."

정신을 차려보니, 우리는 벌써 브란덴부르크 문 앞까지 도달해 있었다. 캥거루는 일말의 망설임도 없이 수많은 인파 사이로 뛰어들더니, 길을 터주지 않을 경우 2미터 이동 시마다 취객 한 명씩을 골로 보내버렸다.

"내려놔!" 나는 버둥거렸다. "나 지금 장난 아니라구!"

"부상당한 동지를 내버려 두고 갈 순 없어!" 캥거루가 외쳤다.

우리가 지나칠 때마다 취객들은 믿을 수 없다는 표정으로 술병 레이블에 쓰인 안내문을 읽었다. 아마 이런 문구를 찾고 있었을 게다: "주의 : 캥거루 환영이 보일 수 있음."

"정글 속으로 들어가야 돼!" 캥거루는 이렇게 외치며 동물원 덤불숲으로 뛰어들었다. 나는 온몸이 홀딱 젖어 있었다. 얼마 전부터 비가 쏟아지고 있었기 때문이다. 그제야 캥거루는 진흙 바닥에 나를 내려놓았다. 이제 폭약 소리는 멀리 빗소리에 묻혔다.

캥거루는 실개천에 흐르는 물로 얼굴을 닦고는 갈라지는 듯한 쉰 목소리로 중얼거렸다. "The horror…, The horror…!!"[3] 가끔씩 나는, 캥거루가 정말 베트콩이었는지 아니면 그저 담배나 피우면서 〈지옥의 묵시록〉을 많이 보았을 뿐인지 의문이 든다.

---

3 영화 〈지옥의 묵시록〉 중 마지막 대사. (옮긴이)

캥거루의 저서 〈기회주의와 억압〉 중에서
제34장 : 가장 성공적인 군축회의

... 1139년에 이루어진 사상 첫 번째 군축회의에서 기독교도한테만 석궁의 사용이 금지되었다. 기사 정신에 어긋나는 야만적인 무기라고 생각했기 때문이다. 이 회의의 성공은 말 안 해도 알 수 있다. 그 이후 약 900년간, 기독교도에게 '석궁'이 사용된 적은 단 한 번도 없었으니 말이다...[4]

---

4 1139년, 교황은 제2차 라테란 공의회에서 이단자를 처단할 때를 제외하고는 어떤 경우에도(특히 기독교도에 대한) 석궁의 사용을 금지한다는 칙령을 내렸다. (옮긴이)

꿈의 해석

"들어가 보세요." 땅딸막한 간호사가 말했다. "요새도 가끔 주기적으로 그래요. 근데 그건 당신이 지난번에 방문한 이후로 심리적 충격을 억압하려는 일종의 치료 과정이래요."

나는 상담실 문을 열었다. 정신과 의사는 방 안을 왔다 갔다 하며 중얼거리고 있었다. 그는 한참 후에야 나를 발견하고는 눈을 부릅뜨고 노려보았다. 아무래도 내가 혼자 왔는지 살펴보는 것 같았다. 그는 방문을 닫고 문이 다시 열리는지 한참 보고 있다가 아무 일도 일어나지 않자 그제야 안심했다.

"안녕하세요." 내가 입을 열었다. "선생님 댁 앵무새는 잘 있나요?"

"아, 잘 있어요. 아주 좋아요. 굿, 굿. 에…, 아무튼 소파에 몸을 누이고 긴장 풉시다."

나는 의사에게 내 꿈에 관해 이야기했다.

"…그리고 캥거루가 내 머리 위 나무에 있었는데, 제가 총을 갈겨댔거든요. 근데 탄창이 걸리고 말았어요."

"으흠. 탄창이 걸렸다고! 아…, 탄창이 걸렸다…. 혹시 밤일 쪽이 좀 어렵지 않나요?"

"장난하세요?" 나는 격분했다. "정말 정신병리학 공부한 거 맞아요? 우디 알렌 영화 평론으로 학위 딴 거 아니고?"

"쯧, 쯧, 쯧."

"그만둬요 쫌!"

의사는 몸을 일으키더니 팔을 파닥거렸다.

"쯧, 쯧, 쯧."

나는 일어서서 의사의 뺨을 갈겼다.

"죄… 죄송…." 의사는 중얼거리고는 다시 소파에 앉았다. "그러니까, 걔가 말할 때마다 튀어나오는 잠재적인 폭력 성향이 정말 당황스러웠다고요." 의사가 말했다.

"아하."

"나 완전 폭발 직전이었다구요!" 의사가 울먹이며 말했다.

"아, 그렇군요. 그럼 이 캥거루가…."

만들어진 환자

"에취!" 캥거루가 재채기를 하더니 주머니에서 손수건을 꺼내 코를 풀었다. 나는 웃고 말았다.

"웃지 마!" 캥거루가 소리쳤다.

"미안. 근데 넌 웃겨서."

"하하." 캥거루는 시니컬한 표정을 지어 보였다. "에취!"

캥거루가 알약 두 개를 주둥이에 던져 넣더니 투덜거렸다. "인후통약, 기침 시럽, 눈약, 비타민, 포도당 사탕, 해열 좌약, 비강 스프레이, 이 모든 게 전혀 쓸모없어! 이게 다 30유로 치야! 마르크로는 60마르크! 동독마르크로 120마르크라고!"

"그 30유로가 내 돈이었다는 게 위로가 되었으면 좋겠다." 내가 말했다.

"아주 조금."

"의사한테 가 봤어?"

"응, 당연히 가 봤지." 캥거루가 말했다. "이 말밖에 할 말이 없군…." 캥거루가 주머니에서 작은 책자를 꺼내서 읽었다. "몰리에르! 이 부분을 읽어주지. '내 생각에 의사의 도움이란 병마 외에도 약이란 걸 감당할 수 있을 만큼 강하고 견딜 만한 사람들을 위해 있는 것이다. 나의 경우, 내 병마를 감당하기에도 벅차다.' 봤지!"

한 시간 후, 캥거루는 세면대 위에 엎어져 플라스틱 관을 콧속에 끼우고 비강 세척을 했다.

"웃지 마." 캥거루가 말했다.

캥거루 꼴은 정말 가관이었다.

"너 예프게니 바이츠 박사라고 들어본 적 있어?" 캥거루가 물었다. "이 박사는 70년대에 예프게니움이라는 예방 접종약을 개발했는데, 이게 성공하면 지구상의 모든 감기는 사라질 정도였다고. 그 약을 발표하기 하루 전, 박사는 감기 사탕[1] 산업에 의해 암살당했어!"

캥거루가 다른 쪽 콧구멍에 튜브를 끼웠다.

"병리학자들은 부검에서 예프게니 바이츠 박사의 목구멍에 엄청난 크기의 감기 사탕이 박혀있는 걸 발견했다지. 아마 그것 때문에 질식해서 고통스럽게 죽은 거야. 그 이후로 그의 동료들은 새로운 맛의 감기 사탕이나 개발하고 있고."

"나 그 얘기 알아." 내가 말했다.

---

1 허브 성분과 비타민이 함유된 사탕. 독일에서는 매우 일반적으로 사용됨. (옮긴이)

"그래?" 캥거루가 물었다. "나한테 말해준 게 너였던가?"

"응. 그 얘기 지어낸 사람도 나고."

"전혀 허무맹랑한 이야긴 아니야." 캥거루가 따뜻한 욕조 물에 아로마 입욕제를 넣으며 말했다. "내 생각엔, 몇십억 명 정도가 에이즈에 걸릴 필요가 있다고 봐. 에이즈 치료제를 개발하는 속도가 훨씬 빨라질걸. 그렇게 되면 탈모 연구에서 연구비 돌려서 에이즈 치료제 연구하겠지."

그날 오후, 우리는 허브차를 마시며 부엌에 앉아 있었다.

"약품 회사들은 환자가 건강해지는 것에는 관심 없어." 차를 홀짝이던 캥거루가 미간을 찌푸리며 말했다. "오히려 환자들이 아플수록 돈이 되는 거지! 그래서 약이라는 게 우릴 더 아프게 하고 있는 건지 누가 알아." 캥거루가 잠시 말을 멈췄다. "내가 '짐플리치시무스의 모험'에서 뭐 읽어줄게!"

나는 한숨을 쉬었다.

캥거루는 낡은 책 한 권을 주머니에서 꺼냈다. "'나는 내게 넘치는 부를 허락하지 않으신 하나님께 감사하는 바이다. 만약 내가 부유했다면, 내 주치의가 나에게 천연광천수를 마시라는 처방전 대신 매년 의사들에게 뇌물이나 먹이는 약사들과 나눠 먹을 돈이나 처방했겠지! 그리고 나는 피 한 방울까지 뽑아 먹힌 다음 죽어 땅속에서 썩어갔겠지.' 이게 1669년 상황이라고! 알아들어?"

"그거 모르는 사람 없어." 내가 대꾸했다.

"그거 모르는 사람 없다고?" 캥거루가 소리쳤다. "그럼 몇백 년 동안 뭐 한 거야!"

캥거루는 이불로 몸을 말고 빨간색 적외선램프를 쬐며 자신의 그물침대에 누워 책 한 권을 들고는 내게 손짓했다. "일루와 봐!" 캥거루가 불렀다. "이건 프루스트야. '의사가 약을 처방함으로써 가하는 공격(이런 일은 계속 발생해 왔다)에 의해, 일반 미생물보다 천 배는 더 병에 걸리기 쉬운 항체를 접종받은 건강한 사람들에게서 열 가지의 새로운 질병이 발생하게 된다.' 제약 산업의 더러운 수작 중 가장 악랄한 게 뭔지 알아? 바로 아무도 모르게 콜레스테롤, 혈당, 혈압 같은 주요 건강 수치의 안전 기준을 점점 더 높인다는 거라고. 수백만의 건강한 사람들이 자신을 환자라고 생각하게 해서 약을 팔아먹는 거야."

"현대 의학의 기본 상식이야." 내가 말했다. "건강한 사람이란 제대로 검사받지 않은 사람을 뜻하는 거지. 제대로 검사받으면 다 환자가 돼."

캥거루가 벌떡 일어나 약 두 개를 주둥이에 던져 넣었다.

"지금 널 보면서 깨달은 건데…." 내가 말했다.

"내 말과 행동이 다르다는 건 나도 알아." 캥거루가 퉁명스럽게 쏘아댔다. "근데 그 사실 때문에 제일 괴로운 건 나라고!"

캥거루는 눈에 안약을 똑똑 떨어뜨렸다.

"몰리에르는 자신의 희곡 〈똑똑한 환자〉 초연 때 직접 환자 역을 맡았어. 그리고 이미 진짜 아픈 상태였고. 네 번째 공연을 하다 쓰러진 뒤, 무대 의상을 입은 채로 세상 떴다고."

"그래, 그래." 내가 말했다. "그렇지만 하나의 사례를 일반화시킬 수는 없지."

"당연히 일반화해야지!" 캥거루가 말했다. "내 경우만 빼고."

캥거루가 주머니에서 또 다른 책을 한 권 꺼냈다.

"마지막으로 세계적인 문호의 모범적이고 유토피아적인 관점의 작품을 읽어주겠어. 야노슈의 작품이야.

"'내가 네 병을 고쳐 줄게.' 개구리 의사 선생님이 말했어요. '하루에 세 번 제일 좋아하는 음식과 달콤한 과일 절임을 드세요!'"

"계란 케이크 해줄까?" 내가 물었다.

"웅!" 캥거루가 고개를 끄덕이며 대답했다. "위스키 초콜릿 넣은 과일절임도!"

캥거루의 저서 〈기회주의와 억압〉 중에서
제 11장 : 히포크라테스 선서

"할머니! 할머니는 왜 그렇게 알록달록 예쁜 사탕이 많아요?"

"할머니 부러울 거 하나 없어. 할머니 아파서 먹는 약이란다."

"할머니는 왜 그렇게 약을 많이 먹어요?"

"할머니가 배가 아파서 하얀 약을 먹어. 근데 하얀 약을 먹으면 배는 안 아픈데 머리가 아파. 그래서 노란 약을 먹어야 해. 그런데 노란 약을 먹으면 할머니가 잠이 잘 안 와. 그래서 빨간 약을 먹는단다. 그런데 하나님도 무심하시지! 빨간 약을 먹으면 잠이 오는 대신 기분이 안 좋아진단다. 너무나 슬퍼지지. 그래서 까만 약을 먹는단다. 그런데 까만 약을 먹으면 기분은 좋아지는 대신 배가 아파요. 그래서 할머니가 하얀 약을 먹어야 하는 거란다."

전쟁이 끝나고

"나 시 썼어." 내가 말했다. "시 제목은 '전쟁이 끝나고'야."

"제목이 좀 웃긴데." 캥거루가 말했다.

"웃긴 거 맞어." 내가 대꾸했다. "근데 제목이 '전쟁 중'인 것보단 낫잖아."

나는 시를 낭독했다.

전쟁이 끝나고
더 이상 서로 간에 피 흘리는 게 무의미하다는 사실을 깨닫고
그들은 다음과 같은 협정을 맺었다네.
독일은 네 개의 구역으로 나누어졌다네.
T-Mobile, O₂, Vodafone 그리고 e-plus[1]

---

1 독일 이동통신사들. (옮긴이)

이때 로미오가 신붓감을 찾으러 길을 나섰네.

그리고 우연히 파란색 옷을 입은 줄리엣을 만났네.[2]

그러나 로미오는 언제나 자주색 옷을 입었다네.[3]

아, 슬프도다. 이 얼마나 안 어울리는 색인가

비극은 이미 예견되었다네.

그럼에도 그들은 사랑하였고

O_2와 T-Mobile은 영원히 함께하기로 했다네.

끝.

"끝?" 캥거루가 물었다.

"엉." 내가 대꾸했다. "물론 속편도 있어. 걔들이 어떻게 밤을 보냈고, 그 후에 핸드폰 벨소리를 뭐로 할지 싸우는 장면도 있고, 마지막에는 핸드폰 가입 해지를 하려고 줄리엣이 죽고, 줄리엣이 모아 놓은 마일리지도 사라지고, 그것 때문에 로미오도 목숨을 끊으려고 하고 뭐 그런 내용이긴 한데…."

"근데 왜 안 썼어?" 캥거루가 물었다.

"걍." 내가 대꾸했다.

"하긴 그다음 스토리는 안 쓰는 게 좋을 것 같아." 캥거루가

2 파란색은 O_2 사의 색상. (옮긴이)
3 자주색은 T-Mobile 사의 색상. (옮긴이)

말했다.

"게다가 로미오 줄리엣 얘기는 한물갔어." 내가 말했다. "나 지금 나가야 해. O₂ 회원한테 주는 레이지 어게인스트 더 머신 콘서트 티켓 받았거든."

"나도 갈래!" 캥거루가 외쳤다.

"꿈 깨. 선불폰은 못 들어가."

물고기들

"우리는 물고기들이롸네, 우뤼가 헤엄취고 인는 바단물을 몽 따앙 퍼 마쉬는 물고기들이롸네!" 캥거루가 만취해서는 목청껏 소리를 질렀다. "우리는 물고기들이롸네…" 캥거루는 한 번 더 소리를 질러대더니, 바 의자 뒤쪽으로 벌러덩 넘어졌다.

우리 근처에 있던 남자 둘이 놀라서 펄쩍 튀어 일어났다.

"걔 그냐앙 바닥에 내비 둬!" 내가 소리 질렀다. "일고옵뻐언 넘어져도 이이러나나라…"

나는 내 손목시계를 탁하고 쳤다.

"키트! 일루 빠알리 와!"

"슈엑, 슈엑." 캥거루는 바닥에 누워 눈도 뜨지 않고 말했다.

2분 전 :

"너도 어렸을 때 〈전격 Z 작전〉 봐쎠써?" 바 테이블 아래로 내려오면서 캥거루가 물었다.

"물론이쥐." 나는 한 잔 더 들이키며 대꾸했다.

"그럼 너도 데이빗 핫셀호프 팬이야 뭐어야?" 캥거루도 잔을 비우며 물었다.

"그럴 리가아!" 나는 언성을 높였다. "그 드라마 자동차 때문에 본 거라구우. 키트 말이야 친구!"

캥거루는 담배를 한 대 물고는 테이블 위를 탐색하듯 훑더니 짜증을 냈다. "왜 재떨이 하나 없는 거야? 비일어머억을 술집 같으니."

나는 스스로 내 목덜미를 잡고는 테이블 위에 널브러져 있던 머리를 들어 올렸다.

"데이빗 핫셀호프 콘서트 가 본 적 있어?" 캥거루가 물었다.

"날 뭐얼로 보는 거야!" 나는 어이없다는 표정을 지어 보였다. "근데 키트가 노래를 부른다고 했으면 아마 갔을 꺼어야." 나는 한 잔 더 들이켰다. "슈엑, 슈엑." 나는 키트가 내는 전자음을 흉내 냈다. "슈엑, 슈엑 – 이해가 돼?"

캥거루가 요란하게 트림을 했다.

"그엑, 그엑."

"뭐, 비슷하네에." 나는 목청껏 외치며 술집 안을 둘러보았다. 그러고는 반 정도 차 있던 내 맥주잔에서 두 손가락으로 내 핸드폰을 꺼냈다. "내 생가악에, 이 문명은 쌀아남을 것 같아."

"우리는 물고기들이롸네…." 캥거루가 갑자기 말했다.

"뭐?"

236

5분 전 :

"자유우?" 캥거루는 이렇게 물으며 바 테이블 위로 올라갔다. "진정 자유가 무엇이냐고 묻는 자 누구냐아아!"

나는 캥거루에게, 아무도 안 물어봤다고 말하려고 했다. 그런데 할 수 없었다. 왜냐하면…

"자유란 영원히 얻을 수 없는 거야아!" 캥거루가 이렇게 외치면서, 반쯤 남은 내 맥주잔에 내 핸드폰을 퐁 떨어뜨렸기 때문이다.

"내 맥주우우우…." 내가 중얼거렸다.

"달콤한 자유우우우!" 캥거루가 외쳤다.

나는 주크박스 쪽으로 비틀거리며 걸어갔다.

> One morning in June some **twenty years** ago
>
> I **was** born a rich man's son
>
> I had **everything that** money could buy
>
> But freedom – I had none[1]

캥거루는 바 테이블 위에서 춤을 추기 시작했고, 눈을 감고 노래를 따라 불렀다. "I've been lookin' for freedom…"

---

1 데이빗 핫셀호프의 곡, Looking for Freedom의 가사. (옮긴이)

3분 전 :

"맞어. 근데 누구우 잘못이야아?" 캥거루가 미간을 찌푸리며 맥주를 꿀꺽꿀꺽 비웠다. 그러고는 재떨이를 주머니 속에 챙겨 넣었다.

"자본주으이?" 내가 물었다.

"마자았써!" 캥거루가 외치고는 나에게 자신의 핸드폰을 밀어 보여주었다. "자본주의 사회에서는 이 완벼억한 기계가 무상 수리 기간 하루 지난날 고장이 난다는 거지."

"이거 망가져써어?" 내가 물었다.

"내가 왜 너얼 좋아하는지 알어, 친구우?" 캥거루가 물었다. "너는 매앤날 차암 똑똑한 질문을 한단 말씀이지. 네가 내 마알을 자알 듣고 같이 생각하고 있다는 걸 알게끔."

"최에선을 다하고 있어." 내가 대꾸했다.

"알어!" 캥거루가 말했다. "그래서 이제부터 좋은 거 보여 줄께에. 넌 자유가 뭔지 알어?"

"아니이."

"네 핸드폰 줘 봐."

"망가뜨리지 않을 거지?"

"매앵세!" 캥거루가 이렇게 외치고는 자신의 맥주잔을 비웠다. "으웩! 내 맥주잔 아래에 가라앉아 있는 이 똥 같은 건 뭐야아?"

4분 전 :

"자, 이제 말 해봐아." 캥거루가 말했다. "네 고미인이 뭐야?"

"내 고민?" 내가 물었다. "나 이제 금방 나이 먹고, 똥배도 나올 거고오, 나는 너어무 평범해. 너어무 일반적인 사람이야…."

"우리끼리니까 하느은 말인 데에…," 캥거루가 말했다. "네 위기를 기회로오 바꿔어 보라구. 네가 겪고 있는 건 되게 일반적인 거잖아!" 캥거루는 트림을 했다. "책 한 권 써 봐아!"

"책?"

"응. 계모옹 소설."

"뭐?"

"함 써 봐. 그리고 계몽 소설에 따악 맞는 제목도 있어."

"뭔데에?"

"민주웅의 노래."

"아하."

"주인고옹 이름을 민중이라고 해."

"주인고옹 민중이가 노래 부르는 걸루 가라고오?"

"바아로 그거야아."

"그리고 민중가와 형명이 주제고오?" 내가 말했다.

"그렇지!"

캥거루가 위스키 초콜릿 세 개를 자신의 맥주잔에 던져 넣었다.

"근데 이 모든 게 누구우 잘못이야아?" 캥거루가 소리쳤다.

6시간 전:

"오늘 한잔 어때?" 캥거루가 말했다.

"딱 한 잔만이다." 내가 대꾸했다.

설문조사원의 공격

인기척 없는 빈 거리에 폭우가 쏟아지고 있다. 나는 공산주의의 유령을 찾아 도시를 헤매고 있다. '버드 스펜서와 테렌스 힐 중 누가 더 나은 배우인가?'라는 질문에 대한 의견 차이로 다툰 이후, 유령은 자취를 감췄다. 차가운 밤공기 때문에 취기가 약간 가시는 것 같다. 캥거루는 자신의 의지로 술집 테이블 아래에 남았다. 공사장 펜스에 걸린 광고 문구에 오늘 어떤 쇼핑몰이 야간 영업을 하는 날인지 공지되어 있다. 그 쇼핑몰에는 오늘 밤 티토&타란툴라의 공연도 있다. 나는 비틀거리며 좁은 골목길로 들어섰지만 곧 막다른 골목에 다다랐다. 그제야 누군가 나를 미행하고 있다는 사실을 깨달았다. 뒤를 돌아보니 어떤 여자가 종이를 들고 서 있었다. "안녕하세요! 잠깐 시간 좀 있으세요?"

나는 빛의 속도로 반응했다. 시청 문화센터 태극권 수업에서 배운 '날으는 야생 거위' 동작으로 여자의 주의를 분산시켰다.

여자가 내 현란한 손동작에 정신이 팔린 순간, 종이를 걷어차고 는 냅다 도망쳤다.

"잠시만요!" 여자가 소리치며 쫓아왔다. "몇 가지만 답해주심 돼요!"

나는 등 뒤로 여자의 차가운 입김을 느꼈다. 조사, 통계, 사회학의 오싹함이 나를 엄습했다. 여자의 팔이 나를 움켜잡으려고 했다.

나는 귓구멍을 손가락으로 틀어막은 채, 두려움을 몰아내기 위해 동요를 흥얼거렸다. 근처 주택들의 창은 굳게 닫혀 있었고, 가게에는 덧문이 내려져 있었다.

"최근에 휴대폰을 새로 구입하신 적이 있나요?" 여자가 외쳤다. "만약 새로 구입하셨다면, 다음 구입 예정일은 언제시죠? 28일 후? 28주 후?"

나는 은행 앞을 달려 지나쳤다. 갑자기 다른 설문조사원이 은행 내부에서 유리창을 손으로 치며 외쳤다. "현재 경제 상황에 대해 부정적으로 평가하십니까? 예? 아니오? 뭐라구요? 엿 먹으라고?"

내 혈관 내부로 아드레날린 수치가 치솟았다. 나는 계속 달렸다.

"얼마나 자주 성관계를 하시나요?" 내 뒤의 여성 조사원이 외쳤다. "지속시간은? 상대는? 빈도? 목적? 최근에 관계가 없다면, 원인은요?"

여자의 목소리 때문에 이제 모든 골목에서 설문조사원들이 튀어나왔다. 그들은 내 뒤에서 질문을 퍼부어댔다. "연봉은요?", "친구보다 높은가요?", "지금 다니고 계신 직장에 만족하나요?", "가장 좋아하는 음식은? 마기 사의 봉지 수프가 좋으세요, 아니면 크노르 사가 좋으세요?", "독일 정부의 행정 능력을 어떻게 평가하시나요? 매우 긍정적? 긍정적? 약간 긍정적?", "가능한 한 즉흥적으로 답해 주세요. 디지털 액자가 집에 있으신가요? 만약 없으시다면…."

갑자기 총성이 울렸다. 5층 건물의 창문에서 총구가 불을 뿜었다. 한 설문조사원이 어깨에 피를 흘리고 있었고, 두 번째 총성이 울리자 바닥으로 떨어졌다. 그가 떨어지면서 이렇게 외쳤다. "어떤 탄환을 쓰시나요? 얼마나 자주 이런 병적인 혼란 상태에 빠지시나요? 월 1회? 주 1회? 아니면 자주?"

나를 쫓던 설문조사원 중 반수가 총성이 울린 집으로 몰렸다.

"불우한 어린 시절을 보내셨나요?", "과격한 컴퓨터 게임을 좋아하시나요?", "사격 모임 회원이신가요?"

나머지 반은 내 뒤를 쫓았다.

"우편번호는요?", "무슨 생각 중이신가요?", "기상 리포터 중 가장 섹시하다고 생각되는 사람은?"

그때, 멀리서 빛이 보였다. 야간 개장 중인 쇼핑몰이었다! 나는 그 안으로 뛰어든 뒤 문을 걸어 잠그고는 거대한 '고객소리함'으로 정문을 막았다. 나는 탈진해 숨을 거칠게 몰아쉬며 바닥에 쓰러졌다. 12시를 알리는 종이 울렸다. 티토&타란툴라의 공연이 시작되었다. 그리고 벽장 뒤에서 설문조사원들이 스멀거리며 기어 나왔다. 또 에스컬레이터 아래에서도 나왔다. 냉장고를 열고 걸어 나왔다. 나는 그들이 나를 노리고 있다는 사실을 알았다. 그들은 내 주위에 빙 둘러서서는 사방에서 같은 질문을 던지기 시작했다. "버드 스펜서와 테렌스 힐 중 누가 더 나은 배우인가요?"

"테렌스 힐." 나는 마지막 힘을 쥐어짜 간신히 말했다.

그 순간, 에스컬레이터가 움직이며 저 위에서 누군가 내려오는 게 보였다. 이마에는 빨간 띠를, 두 손에는 원예 기구점에서 가져온 듯한 제초기를 들고 있었다. 캥거루다! 제초기의 칼날이 위협적으로 번쩍였다. 캥거루가 줄을 세게 잡아당기자 모터에 시동이 걸렸다. 부아아아아앙!

"파티는 끝났다!" 캥거루가 이렇게 외치고는 설문조사원들을 향해 몸을 날렸다.

나는 눈을 질끈 감았다. 부아아아아앙!

"이 제초기 성능을 1점부터 10점까지 매기신다며어어어언…." 부아아아아앙!

"이 제품을 다른 사람에게도 추천하시나요? 만약 추천 안 하시면 이유우우우우우…." 부아아아아아앙!

"폭력을 미화하는 영화가 심리학적으로 문제가 있다고 보오오오오시…." 부아아아아앙! 부아아아아앙!!

눈을 뜨니 설문조사원들은 분해되어 바닥에 흩어져 있었다.

"혹시 이러언…생가악을…해…보…," 머리가 너덜거리는 한 사람이 그렁렁거리는 소리로 물었다. "…사보…험…가입…권장…"

"괜찮아?" 캥거루가 물었다. "아니면 혹시 너도…"

클로즈업 : 캥거루의 동공이 작아지며 날카롭게 번뜩인다.

"…감염됐어?"

미디엄 숏 : "아니…" 나는 지친 숨을 몰아쉰다. "너는?"

미디엄 숏 : "그깟 것, 어림도 없지!" 캥거루는 제초기를 끄며 대꾸했다. "지금이 내 인생 최고의 순간이야."

롱 숏 : 캥거루는 나를 번쩍 들어 올리더니 술집으로 끌고 갔다. 눈앞이 흐려진다.

페이드 아웃.

바 테이블 위에서 눈을 떴을 때, 캥거루는 지난밤 있었던 일로 직원들과 다투면서도 아침 식사를 주문하고 있었다. 캥거루가 나를 집까지 부축해 주었다. 우리는 긴 휴식을 취하기 전에 스파게티를 만들어 먹었다. 우리는 먹고 떠들며 농을 지껄여 댔다. 순간 가슴 부위에 통증이 느껴졌다. 나는 바닥으로 쓰러졌다. 설문조사원 하나가 내 위장을 뚫고 나와 피투성이가 된 채로 물었다. "존재의 두려움을 느끼시지 않나요? 경제적 어려움이 있나요? 가끔 악몽을 꾸시지는 않는지…?"

어딘가 다른 곳에서

나는 눈을 떴다. 누군가가 내 뇌 속의 나사를 풀어놓은 다음 천천히 다시 조이고 있다.

"나는 숲을 거닐고 있다." 나는 중얼거렸다. "나는 숨을 깊게 들이마시고 내뱉고 있다. 나는 고요한 숲 속을 거닐고 있다."

캥거루가 문을 벌컥 열었다. "뭔 일 있어?" 캥거루가 큰 소리로 물었다.

"쉿!" 나는 침대에 누운 채로 속삭였다.

내 눈에는 두꺼운 파란색 안대가 얹혀 있었다. 머리 위로는 적색 등이 켜있고, 방은 커튼으로 어두웠고, 내 발은 천으로 둘둘 말려 있었다.

"이것은 행위 예술?" 캥거루가 속삭였다. "제목은 가장무도회의 시체?"

"편두통 땜에." 나는 유쾌하지 않은 어조로 대꾸했다. "부탁인데, 나가. 문 조용히 닫고."

"알았어." 캥거루가 대꾸했다. "도련님이 기분이 안 좋으시군."

캥거루는 방을 느릿느릿 나가더니 자기 방으로 가서 너바나를 틀어놓았다.

"꺼." 나는 중얼거렸다. "끄라고…."

캥거루가 노래에 맞춰 꽥꽥거리기 시작했다. 뭔가를 두드리는 소리도 났다. 곧이어 내 대뇌피질 청각중추에 살인적인 드릴 소리가 접수되었다. 내 대뇌피질 신경세포 중 약 13.57퍼센트 가량이 이 소리로 인해 죽어버렸다.

"조용히 해!" 나는 소리를 질렀다.

캥거루가 문을 벌컥 열고는 귀에서 귀마개를 뺐다.

"뭐?" 캥거루가 큰소리로 물었다.

"조용히 하라고." 내가 말했다.

"뭐?" 캥거루가 속삭였다.

"조용히 좀 해." 내가 말했다.

캥거루는 주머니에서 리모컨을 꺼내서 음악 볼륨을 줄였다.

"아직 좀 더 설치해야 하는데." 캥거루가 말했다. "오늘 저녁에 내 방에서 행위 예술 하려 하거든. 아니, 대안 예술인가? 맞다, 대안 예술 공간."

"어디 다른 데서…." 나는 힘없이 중얼거렸다.

"어디 다른 데서라…." 캥거루가 고심하며 중얼거렸다.

"으음."

"흠."

캥거루가 방을 나갔다.

"나는 숨을 깊게 들이마시고 내뱉고 있다." 나는 중얼거렸다. "나는 고요한 산 위에 서 있다. 나는 숨을 깊게 들이마시고 내뱉고 있다. 나는 아주 편안하다. 나는 숨…."

나는 눈을 떴다. 캥거루가 들어와 있었다.

"이 사람들이 먼저 작품을 좀 보자고 해서." 캥거루가 속삭였다. "제목은 '현대 인간'입니다."

"매우 흥미롭군요." 낯선 목소리가 들렸다.

"쉿." 내가 말했다.

"조용히 해 주길 원하는군요." 낯선 목소리가 속삭였다.

"쉿!" 내가 말했다.

"그에게 있어 평화는 거절된 거죠." 캥거루가 말했다.

나는 신음소리를 냈다.

"매우 비극적이군요." 낯선 목소리가 말했다. "눈을 가리고 있는 저 안대는 비인간화 안에서의 '소외'를 상징하고 있군요. 마르크스 이론을 토대로 한 작품입니까?"

"맞아요!" 캥거루가 대꾸했다.

"조용히 해요." 내가 중얼거렸다.

"적색 등은 매일 벌어지는 자본주의와의 매춘을 상징하는 겁니까?"

"그렇죠. 아무튼 저 빨간 등은 여러 가지 의미가 있어요." 캥거루가 말했다.

"오노 요코의 세계 평화를 위한 〈베드 인(Bed-ins) 캠페인〉[1]의 재현이라고도 볼 수 있겠군요. 작가님께서 지향하시는 의도에 따라, 적색 등은 약속의 상징일 수도 있고, 사회주의의 새로운 태양이 떠오른다는 의미일 수도."

"또는 디 플리퍼스[2]의 노래 〈바베이도스의 붉은 태양〉을 의미하기도 하죠." 캥거루가 말했다.

"제발…." 내가 중얼거렸다.

"디 플리퍼스?" 남자가 물었다. "플럭서스[3] 아티스트입니까?"

"80년대의 전설이죠." 캥거루가 말했다. "비디오 예술도 했으니까요."

"나는 고요한 숲을 거닐고 있다." 내가 중얼거렸다.

"자연으로의 회귀를 염원하는 거군요. 아름답군요."

"다리를 천으로 감싸 놓은 건 갓난아기를 상징하는 거니까 주의 깊게 봐 두세요." 캥거루가 말했다.

"모태로의 귀환이라…," 남자가 말했다. "그건 우리 모두의 염원 아니겠소?"

남자와 캥거루가 웃었다.

"나는 숨을 들이마신다!" 나는 격분해서 소리쳤다. "나는 숨

---

1 존 레논과 오노 요코가 침대 위에서 벌인 반전 퍼포먼스. (옮긴이)
2 독일의 남성 트리오 그룹. (옮긴이)
3 Fluxus, 1960-70년대에 일어난 국제적인 전위예술 운동. (옮긴이)

을 내뱉는다!"

"현실의 복잡성을 통제 가능한 한 차단하는 거군요. 루만, 막스 베버, 한나 아렌트, 데리다와 들뢰즈가 보이는군요. 오, 지젝의 이론도 응용하셨군요?"

"네, 네." 캥거루가 대꾸했다. "칸트, 니체, 비트겐슈타인, 싸그리 다 응용했죠."

내가 아침에 반쯤 먹다가 놔둔 빵을 남자가 발견하고는 웃음을 터뜨렸다.

"보이스⁴군요!" 남자가 말했다. "대단한 재치입니다! 댁의 유머 감각이 마음에 듭니다!"

"그만해." 내가 중얼거렸다. "조용히 해. 다들 나가."

"뛰어나 작품입니다." 남자가 말했다. "80년대의 모스크바 개념미술 운동 당시의 조용한 비판이 떠오르는군요. 신의 한 수예요."

"네. 저도 제 작품에 매료되고 있어요." 캥거루가 대꾸했다.

"그럼, 이제 이 작품을 전시장으로 옮기는 문제를 상의해 봅시다." 남자가 말했다.

캥거루가 내 안대를 살짝 벗겨내고 물었다.

"너 오늘 저녁에 다른 약속 없지?"

4 독일의 퍼포먼스 예술가. (옮긴이)

반품 청구

우리는 산책하러 나갔다가 뜻하지 않게 묘지를 지나게 되었다. 캥거루가 지름길을 안다고 우겼기 때문이다. 주머니 동물이 갑자기 걸음을 멈췄다. 거기에는 베르너 폰 지멘스[1]의 무덤이 있었다. 나는 머리를 긁었다.

"베르너, 잠깐 할 얘기가 있는데," 내가 말했다. "나 지금 지멘스 전기 포트 쓰고 있는데 문제가 많다구. 내가 물 끓이는 버튼을 누르자마자 꺼지는데, 혹시 다음번에 좀 갖고 와 봐도 될까?"

"내 핸드폰 액정은 가끔씩만 켜진다구." 캥거루가 말했다. "여기다 맡겨 놓고 가야지!"

캥거루는 주머니를 뒤적여 구형 지멘스 핸드폰을 꺼내 비석 앞에 놓았다.

---

1 독일 가전제품 회사인 지멘스의 설립자. (옮긴이)

다음날, 전기 포트를 가지고 무덤을 찾았을 땐 캥거루의 핸드폰으로 시작된 지멘스 하자 품목들이 무덤 전체를 뒤덮고 있었다.

"뭐야 이거." 캥거루가 말했다. "엄청 오래 걸리겠는데."

나는 고물 무더기 위에 전기 포트를 올려놓았다.

"여기 번개 한 번 치면 사이보그 좀비가 나타날 거야." 캥거루가 추측했다.

"그럴지도. 하지만 켜지자마자 꺼지는 좀비일 거야." 내가 말했다.

"그리고 아주 가끔씩만 액정에 좀비가 뭘 원하는지 떠오르겠지." 캥거루가 말했다. "아마 입도 막혀 있을 거야."

나는 고개를 끄덕였다.

"지멘스 – 침묵은 금이다!" 캥거루가 말했다. "회사 표어로 딱이지?"

나는 고개를 끄덕였다.

"입막음 돈을 넘 많이 먹이다 망한 거야!"[2]

"처음에 이미 이해했어." 내가 대꾸했다.

"여기로 트랜스 래피드[3] 노선 지나가면 웃기겠다." 캥거루가 말했다.

그때, 천둥이 쳤다.

---

2 지멘스 사는 국제적인 뇌물 스캔들을 일으킨 바 있음. (옮긴이)
3 지멘스 사와 철강업체 등의 합작으로 개발되는 자기부상식 철도. (옮긴이)

"베르너는 별로 안 웃긴가 봐." 내가 말했다.

우리 앞에 놓인 고철 더미 위로 벼락이 떨어졌다.

"저기 뭔가 움직인 것 같아." 캥거루가 말했다.

"그만 가자." 내가 말했다.

"저건 슈레더?!" 캥거루가 말했다.

"닌자 거북이에 나오는 그 슈레더?"

"응." 캥거루가 대꾸했다. "나중에 애 낳으면 딱 이 이름 지어 줄 거야."

"슈레더?"

"아니, THE 슈레더." 캥거루가 대꾸했다.

"이름 잘 골랐네. 네 애 이름으로 딱이겠는데."

"우와!" 캥거루가 고철 더미 위를 가리키며 외쳤다. "저기 봐! 저기 사이보그 좀비가 고철 더미에서 나왔어."

"사람 살려!" 내가 소리쳤다. "녀석의 전기포트 머리가 이쪽을 보고 있어!"

"녀석이 위협적으로 뚜껑을 젖혔다 닫았다 하는 거 보여?" 캥거루가 물었다.

"야! 빨리 튀어야 해!"

"걱정 마." 캥거루가 말했다. "쟤 방금 전원 나갔어."

견제 작전

내가 부엌을 정리하고 설거지까지 마친 후에 캥거루가 집에 돌아왔다.

"뭐 도와줘?" 캥거루가 물었다.

"거의 다 했어." 내가 대꾸했다.

"욕실 청소할까?"

"벌써 했어."

"세탁기 돌릴까?"

"돌린 지가 언젠데."

"쓰레기 버릴까?"

"이미 버렸어."

캥거루가 만족스럽게 소파 구석에 앉았다.

"네가 책 계약 따낸 거 정말 최고야!"

"하나도 안 웃겨." 나는 한숨을 쉬며 말했다. 책 계약서에 사인하고 난 후부터, 책 쓰는 일만 제외한 모든 종류의 일에 열중

하고 있었다. 휘갈겨 쓴 자필 노트의 내용을 판독하는 일만 해도 상상 이상의 노력을 요구했다. 그러나 복병은 따로 있었다. 유치원 시절부터 나를 괴롭혀 오던 '구두법'이었다.

"한번 읽어봐도?" 캥거루는 대답을 듣기도 전에 내 노트북을 켜고 원고를 읽어 내려갔다. 그리고 중간중간 중얼거렸다. "여기 틀렸어."

"어차피 2년 안에 잊힐 책이고, 그 안엔 아무도 눈치 못 채."

"틀린 건 바로잡아야지."

"그럼 그 아래에 각주를 달던가!" 나는 신경질적으로 소리 질렀다.[•]

"그러지 뭐." 캥거루가 말했다. "나쁘지 않은 의견이야."[••]

"그리고 말이 나왔으니 하는 말인데," 캥거루가 내 속을 긁으며 덧붙였다! "네가 쓰는 구두법은 요샌 안 쓴다고! 그리고 구두점 찍어야 할 데는 안 찍고 필요 없는 데에는 찍고."

"과장법이야! 일부러 그렇게 한 거라고." 나는 투덜거렸다.

"책 제목은 정했어?" 캥거루가 물었다.

"아니. 책 제목이 중요하잖아. 책이 성공할지 안 할지를 판가름하는 거니까. 뭔가 확 와 닿는 게 필요해!"

캥거루가 고개를 끄덕였다.

"뭐 아이디어 있어?" 내가 물었다.

[•] 아무런 이유도 없이 신경질을 냈음. (캥거루 주)
[••] 오히려 완전 좋은 생각인 것 같음. (캥거루 주)

"웅." 캥거루가 대꾸했다. "이거 어때? 히틀러, 테러, 섹스?"

나는 눈을 껌벅거렸다.

"흠."

"〈슈피겔〉지 베스트셀러 순위에서 핵심만 뽑아낸 거야." 캥거루가 말했다.

"그건 좀 아닌 거 같은데." 내가 대꾸했다.

"아님 테러, 섹스, 히틀러라고 하던가." 캥거루가 말했다. "그럼 완전 이미지 달라지지! 아님 섹스, 테러, 히틀러."

"아님 히틀러, 섹스, 테러." 내가 말했다.

"테러, 히틀러, 섹스." 캥거루가 말했다.

"섹스, 히틀러, 테러." 내가 말했다.

"테러, 섹스, 히틀러." 캥거루가 말했다.

"그거 아까 했잖아." 내가 말했다. "암튼 히틀러라는 주제는 〈슈피겔〉 전문이야. 내가 그 제목 도용하면 지들한테서 훔쳐갔다고 난리 칠 걸! 요새 〈슈피겔〉의 큰 주제는 '히틀러의 재발견'이니까."

"맞아. '적군파의 재발견'이랑 번갈아가면서."

"하지만 냉정하게 보면 새로운 주제도 나와." 내가 말했다. "2차 세계대전이라던가."

"아니면 '독일의 가을'[1]이나!" 캥거루가 말했다.

"아무튼 항상, 매우 참신한 주제지."

1 1977년 후반에 서독에서 연이어 일어난 테러 사건을 지칭. (옮긴이)

"나 지난번에 〈슈피겔〉 사니까 부록으로 DVD까지 주더라."
캥거루가 말했다.

"어떤 건데? 히틀러의 위대한 성공?"

"아마도." 캥거루가 대꾸했다. "20년대, 30년대, 40년대 히트(HIT)라고 적혀 있었어."

"그게 아마 히틀러(Hitler)의 줄임말이었겠지." 내가 말했다.

"그럼 히틀러는 빼자구. '테러테러섹스섹스' 어때?" 캥거루가 물었다. "쉼표 없이 한 단어로."

"인제 그만해." 내가 말했다.

"섹스섹스테러테러" 캥거루가 말했다.

"이제 됐다니까." 내가 말했다.

"다다이즘적으로 표현한 거야. 알어?" 캥거루가 말했다.

"난 바보가 아냐."[2] 내가 말했다. •

"그 말이야말로 많은 의미가 있지." 캥거루가 중얼거렸다.

• 각설하고, 메디어 막 광고를 착안해 낸 인간들은 분명히 광고 제작 첫 브레인스토밍 미팅 때 사장으로부터 이런 질문을 들었을 것이다: 독일 사람들에게 가장 충격을 준 색상 구성은? 아무튼 이렇게 해서 지금의 메디어 막 광고 색상은 흰색, 붉은색, 검정색[3]으로 정해졌을 것이다… (캥거루 주)

그렇게 따지면 이 세상 모든 걸 끌어다가 연관 지을 수도 있으리라. 어쨌든 이들은 국민의, 국민을 위한, 국민에 의한 전자 제품을 저렴하게 판매하는 애국자들이다. 국민 핸드폰, 국민 리시버, 국민 디지털 액자 등. (저자 주)

너 리시버가 독일말로 무슨 뜻인지 밝혀야 하는 거 아니야?[4] (캥거루 주)

응. (저자 주)

아무튼 혐오스러운 뜻이야. (캥거루 주)

이 글씨가 보이는 사람은 아마 안경이 필요 없을 것이다.

2 독일의 전자마트 메디어 막(Media Markt)의 슬로건. (옮긴이)
3 메디어 막의 광고는 흰색, 붉은색, 검정색으로 이는 나치의 깃발 색과 동일함. (옮긴이)
4 독일어로 리시버는 파산 관리인이라는 뜻이 있음. (옮긴이)

예술 2.0

우리는 박물관에 서서 피카소가 그린 누드화를 망연자실하게 바라보고 있었다. 그림 밑에는 수십 장의 포스트잇이 붙어 있었다. 가장 위쪽에는 다음과 같은 내용이 적혀 있었다.

"우와, 저런 젖은 어디서 난 거야?"

이 박물관에는 모든 관람객이 자유롭게 자신의 의견을 남길 수 있는 새로운 콘셉트가 적용되고 있었다.

"이 그림 모델 실제로 젖이 네모였을까?"

"미술관 이름이 바뀐 게 좀 수상하지 않아?" 캥거루가 물었다.

"이따위 그림 한 장 값이 백만 유로라니…."

"현대 미술 박물관이 '마이뮤지엄(MyMuseum)'으로 바뀐 거 말야?"

"너네들 브리트니 스피어스가 노빤스로 찍힌 사진 봤냐? 차라리 그거나 여기 걸어놓지."

"그리고 무료입장인 대신 박물관에 등록해야 한다는 거." 캥거루가 말했다.

"차라리 돈 내고 말지." 내가 말했다. "나는 이 예술 2.0 시대 콘셉트가 이해가 안 가."

잭슨 폴락의 그림 밑에는 더 많은 포스트잇이 붙어 있었다. 어떤 쪽지 내용을 본 캥거루가 펄펄 뛰었다.

"뭐라고 쓰여 있는데?"

"이런 거지 같은 작품 나도 그리겠다."

캥거루가 새 포스트잇을 하나 떼어내 펜으로 뭔가를 끄적거렸다.

"하지 마." 내가 말했다. "소용없어."

하지만 캥거루는 들은 체도 하지 않았다.

"거지 같은 건 바로 너야!"

캥거루는 자신이 쓴 쪽지를 조금 전에 본 쪽지 옆에 붙였다. 우리 바로 옆에 서 있던 남자가 포스트잇을 집어 들었다.

"너겠지."

남자가 캥거루의 쪽지 바로 옆에다 붙였다.

"아이쿠!" 나는 캥거루가 맞짱 뜨기 위해 포스트잇을 떼어내는 걸 지켜보며 한숨을 쉬었다. "한참 걸리겠군."

귀여운쥐34 "이런 거지 같은 이야기 나도 쓰겠다"
18시간 전 * 좋아요

서커스마스터 "이딴 걸 작은 예술이라고 써 놨냐?"
13시간 전 * 좋아요

맞춤법좀 "이게 작은 예술이야? 걍 지워버려"
3시간 전 * 좋아요

거시기숍24 "좃같음"
2분 전 * 좋아요

건강 검진

"이 세상에 건강한 애국심이라는 건 없어." 캥거루가 말했다.
"애국자는 바보라는 뜻이야."

물론 이런 말이 그냥 나왔을 리는 없다. 우리는 국가대표 간
축구 경기 생방송을 중계해 주고 있는 야외 중계장에 있었다.
물론 아무한테나 이런 말을 던지지는 않았고, 어떤 검정-빨강-
노랑 깃발로 몸을 감고, 머리에는 검정-빨강-노랑 어릿광대 모
자를 쓰고, 얼굴에는 검정-빨강-노랑으로 칠을 한 남자에게 한
말이었다.

"다시 말해 이 세상에는 병적인 애국심밖엔 없단 말이야." 캥
거루가 말을 이었다. "건강한 애국심이란 단어는 '양성종양'이란
단어랑 비슷한 것 같아. 당장 건강에 해를 입히지는 않지만, 암
세포는 암세포니까."

"야, 너 좀 맛이 간 것 같다!" 독일 국기남은 친구와 함께 뒤집
어져라 웃었다.

"아니. 맛이 간 건 내가 아니라 그쪽이라고." 캥거루가 완전 진지하게 말했다. "그러니까 더 늦기 전에 댁의 건강을 좀 검진해 봐야겠어. 이런 양성 암세포의 경우 잘 지켜보고 있어야지, 안 그럼 하룻밤에 양성 종양이 음성이 될지 누가 알겠어?"

"암 예방 검진은 보험 적용 안 돼!" 내가 말했다. "국가가 암 치료해 주는 건 이미 손쓸 수 없게 되고 난 다음이야."

"야, 니들 저쪽 팀 소속 아냐?" 환자가 헷갈리는 듯 물었다.

"전혀." 캥거루가 대꾸했다. "하지만 그 질문에서 느껴지는 경쟁의식은 전형적인 애국자병 증상인데…."

"오늘 독일이 너희를 때려눕혀 주지!" 캥거루의 말이 채 끝나기도 전에 환자가 끼어들었다. "올레에에에, 올레, 올레, 올레에에에!"

캥거루가 손으로 부채질을 했다.

"손에 깃발이 들려 있을 경우, 입에도 깃발이 들려 있다고 봐야 해." 캥거루가 마치 의대 교수가 새내기 의대 학생에게 설명해 주는 듯한 어조로 말했다. "우리 같은 종양학 전문의 사이에서는 애국심보다 그 동생격인 국수주의가 더 골치 아파. 국수주의는 애국심의 그늘에 숨어 있다가 갑자기 튀어나와 영향력을 행사하거든. 다르게 말하면, 애국심이라는 햇볕을 받은 온실 속에서는 인종 차별주의가 자라지. 그렇기 때문에, 반파시스트들은 이 온실 자체를 파괴한다네."

"야! 니들 역사 인식이나 고쳐." 환자가 말했다.

"그 반대지!" 캥거루가 외쳤다. "600만 명[1]이 죽었긴 하지만 그냥 넘겨 버립시다 – 이게 잘못된 역사 인식인 거지!"

"가볍게 생각해." 젊은 환자가 말했다. "그냥 놀자는 건데."

"하, 가볍게 생각하고 있는데!" 캥거루가 대꾸했다. "오히려 댁 보다도 더 가볍게 생각하고 있을걸. 이걸 어떻게 증명하나?"

캥거루는 라이터와 작은 칵테일용 검정-빨강-노랑 깃발을 주머니에서 꺼냈다.

"야, 장난이지?" 우리의 환자는 그 광경을 넋 놓고 바라보았다.

"자, 내가 얼마나 가볍게 생각하는지 알겠지?" 캥거루는 이렇게 물으며 깃발에 불을 붙였다. "얼마나 가벼워. 나한테 이건 그저 종이 한 장일 뿐이라고!"

깃발이 다 타자 캥거루는 까맣게 된 이쑤시개를 뚝 분질러서 허공으로 날려 버렸다. 환자는 한 번 더 캥거루와 라이터와 재가 날아간 허공을 바라보았다.

"쟤들 지금 마비가 오고 있는 것 같은데." 캥거루가 말했다. "비록 내가 스포츠 경기장 펜스 광고의 부당성을 묵인하는 어떤 인간과 같이 살고는 있지만, 다행히 나까지 스포츠라는 질병에 전염된 것 같지는 않군."

그러더니 내게 말했다. "혈압이 오르고 있군. 잘 관찰하도록!"

나도 환자의 안구 내의 핏줄이 팽창하는 모습을 관찰할 수

---

1 나치의 유대인 학살. (옮긴이)

있었다.

"잘 들어!" 캥거루가 환자에게 말했다. "손에 깃발 들고 헛소리 안 하는 인간 못 봤어."

그러고는 잠시 말을 멈췄다. "좀 바뀌고 싶지 않냐?"

환자는 격앙되어 오는 호흡을 조절하려고 애썼다.

"할 말 없어?" 캥거루가 물었다. "아니면, 올레, 올레?"

"야, 이 새끼야. 겁나 처맞아 볼래?" 환자가 소리를 질렀다. "너이 새끼, 문제가 뭔데? 한 방 먹고 싶냐?"

"아니. 참 아쉽게도 별로 현명하지 못한 말이네." 캥거루가 말했다.

그러고는 주머니에서 권투 장갑을 꺼내 놈을 한 방에 K.O. 시켜 버렸다.

"야! 주머니 동물!" 나는 화가 나서 외쳤다. "맨날 이렇게 사람 패고 다닐래!"

"내가 뭘?" 캥거루가 물었다. "쟤가 먼저 하자고 했어."

파티

우리는 문 앞에 서 있었다.

"잘 들어, 정치 얘기는 꺼내지도 마!" 나는 한 번 더 소곤거렸다.

"그래, 그래." 캥거루가 대꾸했다.

"우리는 지금 파티에 놀러 온 게 아냐. 내 영화에 관심 가질 만한 투자자 찾으러 온 거라고."

"알어." 캥거루가 대꾸했다.

"너 약속한 거다."

"알았으니까 이제 벨 눌러."

"그리고, 술은 안 돼."

캥거루가 하품을 했다.

"널 데려온 게 실수한 건 아닌지 모르겠다." 나는 한숨을 쉬며 말했다. 캥거루가 벨을 누르자마자 문이 활짝 열렸다.

"하이이이!" 세련된 옷을 입은 여자 하나가 치과 드릴처럼 '이' 소리를 내며 우리를 맞았다. "우리 소박한 펜트하우스에 오신

걸 환영합니다! 여긴 거실이고요, 풀장은 꼭대기 층 베란다 바깥으로 나가시면 돼요."

"엄청난데!" 나는 감탄했다. "이렇게 큰 집은 첨 봐."

"거실에 웬 차?" 캥거루가 물었다.

"저희 집에는 자동차 전용 엘리베이터가 있어요. 차를 집 안에 주차해 놓을 수가 있죠."

"그것도 크로이츠베르크[1] 안에서…." 캥거루가 말했다.

나는 캥거루를 쏘아봤다.

"제 말은," 캥거루가 말했다. "4월 30일[2]에 친구들이 와서 다들 차 들여놓게 해 달라고 부탁하면 얼마나 짜증 날까 싶어서."

"아하하…." 여자가 억지로 웃어 보였다.

"아하하…." 캥거루도 억지로 웃어 보였다. 그때 마침 벨이 울려서 여자는 출입구 쪽으로 사라졌다. 우리는 파티 속으로 섞여 들어갔다. 나는 주요 인사들을 찾고 있었고, 캥거루는 음식을 찾고 있었다. 이런 파티엔 두 종류의 사람들만 있다: 나를 알고 있지만 내가 모르는 사람, 내가 알고 있지만 나를 모르는 사람.

"마크 우베! 이리 와 봐요!" 내 중개인이 나를 불렀다. "이분이 이번 파티 주최자십니다!"

"어디, 당신의 영화 아이디어 좀 들어 봅시다! 마크 우베!" 파티 주최자가 나를 툭 치며 말했다.

---

1 베를린 시의 부유층 거주 지역이며 최근 자동차 방화 범죄가 급증하고 있음. (옮긴이)
2 독일 '발푸르기스의 밤' 축제. (옮긴이)

"네…," 내가 입을 열었다. "영화 아이디어를 가진 지는 꽤 오래됐습니다. 제목은 〈에듀케이터,[3] 그 후〉입니다."

나는 반응을 보기 위해 약간 뜸을 들였다.

"매우 좋아요!" 내 중개인이 말했다. "죽이는데요!"

"어떤 여피족 무리가 있는데, 히피족이 사는 집에 쳐들어간 다음 그 집 안의 가구 배치를 엉망으로 해 놓는 거죠."

나는 또 뜸을 들였다. 사람들은 내 입만 쳐다보고 있었다.

"그런 다음 히피들이 집에 돌아왔는데, 아무도 눈치를 못 챈 거죠."

"매우 좋아요!" 내 중개인이 말했다. "죽이는데요!"

"그냥 대강만 말한 거예요." 내가 말했다. "아마 천만 유로 정도면 만들 수 있을 거예요."

"글쎄요. 잘 모르겠군요." 파티 주최자 옆에 서서 가만히 이야기만 듣고 있던 어떤 애송이가 말했다. "그런 식으로는 안 먹혀요. 예술은 좀 더 폭력적이고 불편하게 만들어야 해요. 사람들을 막 밟아 줘야 한다고요."

캥거루가 왔다. 녀석은 지금까지 바 근처에서 지루한 무리에 섞여서 샴페인이나 계속 홀짝이고 있었다. 캥거루가 내 손에 쪽지 하나를 쥐여주었다. "내가 오늘 저녁에 더는 듣고 싶지 않은 말들 : Set-up, 시스템 구축, 네트워크 환경."

---

3 부자들에게 테러를 가한다는 내용의 독일 영화. (옮긴이)

나는 그 아래에 이렇게 썼다. "내가 오늘 저녁에 너한테서 듣고 싶지 않은 말들 : 자본주의, 엿 같은 시스템, 베트콩."

"그건 그렇고, 이 녀석은 제 아들이라오." 파티 주최자는 이십 대 초반으로 보이는 애송이를 소개했다. "아마 마음에 드실 거요. 개혁가를 자처하는 놈이라오. 하하하. 정치 쪽으로 진출하고 싶다지 뭐요."

"그래요?" 내가 지친 목소리로 물었다.

"네. 뭐 한 사십쯤 되면요. 그전에는 경제적 어려움이 없도록 돈이나 좀 벌어놓을 생각이에요." 애송이가 말했다.

"정말 좋은 생각이네요." 나는 약간 반어적으로 말했지만 다른 사람들은 눈치채지 못한 듯했다. "그럼 지금 뭐 공부해요? 경영학?"

"관리와 재무 분야 MBA 과정 공부하고 있어요."

"네가 개혁가 하려면 지금이라도 너한테 딱 맞는 정당 있어." 캥거루가 끼어들었다. "걔들은 지들을 자유민주당[4]이라고 불러."

"나도 생각은 해 봤어요." 애송이가 대꾸했다. "아빠는 녹색당에 있었거든요. 근데 녹색당은 너무 이상주의에 차 있고 현실 직시를 못 하는 것 같아요."

"댁 같은 혁신가가 있는 이상, 독일의 앞날은 걱정 안 해도 되

---

4 FDP, 신자유주의와 친기업적 시장경제체제 지향. (옮긴이)

겠네요." 나는 이렇게 말했고, 아마 이 말을 들은 애송이는 내가 자기편인지 아닌지 헷갈리기 시작한 것 같았다.

세 시간 동안의 잡담이 끝나고 금주하자던 나의 결의가 맥주 네 잔으로 변해 내 식도를 타고 내려간 뒤, 거의 빈 럼주 술병을 앞발로 들고 있는 캥거루를 보았다. 녀석은 어떤 디지털 보헤미안 한 명을 꼬나보고 있었다.

"나 요새 완전 자본주의자 다 됐어." 멍청한 디지털 보헤미안이 캥거루의 심기에 불을 지폈다.

나는 눈을 감고 관자놀이를 눌렀다.

"너 같은 새애끼를 완전 병신이라고 그러는 거야!" 캥거루가 고래고래 소리를 질렀다. "이 자본도 없는 자본주의자 새애끼야!"

나는 신속하게 개입했다. "너 같은 놈을 참아줄 사람은 없다고!" 나는 화가 나 소리쳤다. "제발 좀 가만히 있어!"

"이런 생지옥에서 가만히 있을 사람이 누가 있을까!" 캥거루가 목청을 높였다. "나? 아니면 거실에 차 세워 둔 인간들?"

나는 녀석의 앞발에서 럼주 술병을 빼앗았다.

"이 엿 같은 68세대의 문제점은," 캥거루가 고래고래 떠들어 댔다. "얘네 죄다 《자본론》 읽은 애들이라는 거지, 첫 장만! 웃기시고들 있네. 나 물 좀 빼고 올게." 그러고는 풀장 쪽으로 자취를 감췄다. 나는 럼을 한 모금 꿀꺽 삼켰다.

"저건 뭡니까?" 어디선가 내 중개인이 나타나 물었다. "당장 정신 차리게 해야 해요!"

"글쎄요…," 나는 럼을 한 모금 더 넘기며 말했다. "쟤 하는 말이 틀린 건 아니죠…."

"그냥 오늘 밤은 집에 가죠." 중개인이 내 술병을 빼앗으며 말했다. "이러다 큰 사고 치겠소. 그럼 내가 다 뒷감당해야 한단 말이오."

"아직 아무 일도 안 났어요." 내가 이렇게 말하는 와중에 우렁찬 엔진 소리가 들렸다.

"자본주의, 엿 같은 시스템, 베트코오오오옹!!" 캥거루가 소리쳤다. "델마! 타!!" 캥거루가 거실에 세워 둔 포르셰 카브리오의 엔진 전선을 연결한 모양이었다. 나의 눈이 빛났다.

"근데 그거 알아요…?" 나는 내 중개인에게 말했다. "어차피 90분 넘는 영화에 내 아이디어는 별로예요." 나는 럼주를 비운 다음 술병을 뒤로 던져 버리고는 캥거루가 탄 자동차로 뛰어들었다. 놀란 파티객들이 우리 주위를 에워쌌다.

"인제 어쩌지?" 나는 자동차 엘리베이터 리모컨을 찾으며 물었다.

"Let's not get caught!"[5] 캥거루가 이렇게 외치고는 기어를 넣었다.

"안돼애애애!" 내가 비명을 질렀다. "여기 5층이야!!" 부서지

---

5 영화 〈델마와 루이스〉의 대사. (옮긴이)

273

는 소리, 와장창 소리, 보글보글 소리가 난 후, 우리는 홀딱 젖어서 풀장에서 기어 올라와 포르셰가 풀장 바닥으로 가라앉는 모습을 지켜보았다. "이게 예술이 아니고 뭐야!" 캥거루가 트림을 하며 말했다. "이 작품의 이름은 '풀장의 포르셰 2008-Vol.1'이야!"

"친애하는 신사 숙녀 여러분, 모두들 들으셨나요?" 중개인이 박살 난 통유리벽 앞에 모인 파티객들을 향해 외쳤다. "풀장의 포르셰 2008-Vol.1! 지금부터 경매 들어갑니다. 10,000유로부터 시작합니다. 10,000유로에 입찰하실 분?"

"여기요!" 애송이가 눈을 빛내며 입찰했다.

"15,000! 15,000 계십니까?"

"여기! 나요!!" 파티 주최자가 손을 들었다.

"대단한 작품이야!" 파티 주최자가 말했다. "이건 통렬한 사회 비판 예술이라고!"

"20,000!" 중개인이 가격을 높였다. "20,000 계십니까?"

영웅에 대하여

"바이에른 주 대표단 회의 때 프란츠 요제프 슈트라우스 기념전시 한다네." 캥거루가 말했다. "신문에 크게 났더라. 같이 갈래?"

"물론이지." 내가 대꾸했다. "프란츠 요제프 슈트라우스 기념전시를 놓칠 수야 없지. 어렸을 때부터 왕팬이었거든."

"근데 너 솔직히 말해 봐." 캥거루가 말했다. "그 사람이 누군지는 알어?"

"멍청이라는 거 빼고?" 내가 물었다.

"응."

"음, 바이에른 사람인 건 분명하고, 기사당[1] 만들었다는 정도."

"근데 왜 멍청이야?"

---

1 CSU, 기독교사회연합당의 약어. (옮긴이)

"말했잖아." 내가 말했다.

"뭘?" 캥거루가 물었다.

"기사당 만들었다고."

"그게 왜?"

나는 한숨을 쉬었다.

"기사당 만든 거로 충분히 멍청이지."

"아, 그렇군!"

"딱 너 같아."

"야!"

"에휴. 캥거루랑 말 안 통하네." 나는 한숨을 쉬었다.

"가서 재미없으면 쫓겨날 때까지 장난치다 올 거야." 캥거루가 말했다. "바이에른 대사관에서 접근금지 명령 먹으면 엄청 자랑하고 다녀야지! 게다가 기사당에서 주최하는 기사당 창시자인 프란츠 요제프 슈트라우스 전시회라니, 재밌겠는걸."

"빨리 가자. 벌써 길게 줄 서 있을지도 몰라." 내가 말했다.

하지만 건물 앞에는 사람은커녕 개미 한 마리도 없었다. 건물 앞에는 웃긴 모자를 쓴 남자와 캥거루 한 마리뿐이었다.

"넌 들어가면 안 돼." 나는 건물 전면에 걸린 애완동물 반입 금지 표지판을 가리키며 말했다.

"들어가고 말 거야!" 캥거루는 이렇게 말하며 거리로 뛰어가더니 어떤 오페라 회관으로 들어갔다. 거기에서 헐값에 무대의상을 구입한 캥거루는 옷 속으로 뛰어들었다. 몇 분 후, 캥거루는 가죽 바지를 입게 되었고 나는 파랑과 흰색이 섞인 양복을 입고 나왔다.[2] 우리는 다시 대사관 건물로 가서 인터폰을 눌렀다.

딩동! 삣….

"모인 모인!"[3] 캥거루가 이렇게 인사했다. 나는 재빨리 캥거루의 입을 막았다.

현관문이 열렸다. 우리는 프란츠 요제프 슈트라우스 전시회를 구경했다. 전시회장 입구에는 "이토록 원대한 경제 성장을 이루어낸 민족에게 더 이상 아우슈비츠 이야기는 꺼내지 말라 – 1969. 09. 13 프란츠 요제프 슈트라우스"라고 쓰인 거대한 배너가 걸려 있었다.

"여기까지만 봐도 충분히 본 것 같은데." 내가 말했다.

그러나 캥거루는 안으로 들어갔다. 안쪽에는 나치스 학생 연맹 시절의 사진이 걸려 있었다.

"여기 좀 봐봐." 내가 말했다. "독일 군대에 핵무기를 도입하려는 계획도 있었대. 끔찍하군!"

나는 더 안쪽으로 들어가 보았다.

"여기도 봐봐. 예전에 〈슈피겔〉지가 정부 비판적인 글을 실었다고 몰려가서 조사했던 사건 있었잖아."[4] 내가 말했다. "완전

2 바이에른 주 전통 의상. (옮긴이)
3 함부르크, 베를린 등 독일 북부 지방 인사. 바이에른은 남부 지방임. (옮긴이)
4 1960년대 아데나워 정권은 정부에 비판적인 글을 게재했다는 이유로 〈슈피겔〉사를 압수 수색했다. 그러나 기사 자체의 정당성이 밝혀지고, 이 일로 국방장관이 자리에서 물러나게 되었다. 이는 이후 독일 언론자유의 기폭제가 되었다. (옮긴이)

웃겨. 그 이후로 그런 영화 같은 일은 다시는 일어나지 않았지. 더 이상 누구 비판 같은 거 안 하니까. 특히 〈슈피겔〉은."

다음 전시실은 텅 비어 있었다. 팻말에는 다음과 같이 적혀 있었다. "본 전시관에는 동독 비밀경찰이 프란츠 요제프 슈트라우스에 대해 방대하게 조사했던 정보가 전시되어 있었으나, 이들은 통일 후 우리의 위대한 총독에 대한 신상 정보를 보호하기 위해 모든 자료를 소각하였습니다."

캥거루는 뮌헨의 프란츠-요제프-슈트라우스 공항 사진 앞에서 한참이나 머물러 있었다.

"바이에른 사람들이 누굴 영웅 만드는 방법은 참 특이하다니까." 캥거루가 드디어 입을 열었다. "다음엔 뭐야? 유르겐 묄레만[5] 기념상? 한스 필빙어[6] 법률연구소? 악셀 슈프링거[7] 기념 예배당?"

"투덜대지 마!" 내가 말했다. "내 생각에 바이에른 사람들은 위대한 축구 업적만으로도 이런 뻘짓이 다 용서되는 민족이야."

"안녕하십니까. 무엇을 도와드릴까요?" 어울리지 않는 정장 차림의 남자가 어디선가 나타나 친절하게 물었다.

"근데요, 저같이 예쁘고 착한 캥거루가 여기서 접근금지 명령을 받으려면 뭘 해야 하나요?" 캥거루가 천진하게 물었다.

---

5 전 독일 경제장관. (옮긴이)
6 전 기민당 당수. (옮긴이)
7 독일의 언론사인 슈프링거 그룹 총수. (옮긴이)

이파네마

우리는 해변에 누워 있었다. 섭씨 30도로 이글거리는 태양이 우리를 노릇하게 구웠다. 캥거루의 핸드폰 벨소리 사업이 꽤 잘 돼서 우리는 2주 동안 휴가를 왔다. 나는 모래를 움켜쥐고 손가락 사이로 떨어뜨리며 흥얼거렸다. "Dum Dum Dum, Dum Dum Dum, Dum Dum Dum. When she walks it's like a Samba that swings so cool and sways so gently…"[1]

"야, 근데 베트남전은 64년부터 75년까지였지?" 나는 갑자기 생각이 나서 물었다.

"응." 캥거루가 대답했다. 캥거루는 멕시코 모자를 쓰고 그물 침대에 누워서 칵테일을 마시고 있었다. "쟁점기였지."

"정확히 33년 전이지?" 내가 물었다. "맞지?"

"응." 캥거루가 대꾸했다. "계산기 필요하냐."

---

1 안토니오 카를로스 조빔의 곡 〈이파네마의 소녀〉 가사. (옮긴이)

"근데 위키피디아에 보니까, 캥거루 수명은 15년까지라더라." 내가 말했다.

"무슨 말을 하고 싶은 건데?" 캥거루가 몸을 일으키며 물었다.

"아무것도. 그냥 그렇다구."

"뭐가 그냥 그렇다는 거야?" 캥거루가 꽥꽥거렸다. "정확히 무슨 말을 하고 싶냐고?"

"아냐, 아냐. 잊어버려." 내가 말했다.

"내가 제일 싫어하는 게 있다면, 그건 바로 잘난 체하는 인간들이야!" 캥거루가 격분해서는 소리를 질렀다. "평생 책 한 권 읽었을까 싶은 놈이 인터넷 쫌 봤다고 똑똑한 척하는 거!"

"그게 아니라, 갑자기 생각이 나서 그런 거야…" 나는 사태를 수습하려고 둘러댔지만 캥거루의 분노를 멈출 수는 없었다.

"너 지금 여기서 십 년간의 반파시스트적, 반제국주의적 전쟁을 모독하는 거야?"

"아냐. 미안해." 내가 기어들어가는 목소리로 말했다.

"우리 할아버지는 스페인 내전 때 프랑코 장군을 상대로 싸웠어!" 캥거루가 격앙된 목소리로 말했다. "우리 할아버지도 함 엿 먹여 보지그래?"

"아니, 나는 그런 의도로…"

"지금 우리 휴가를 다 망쳐놓고 있잖아! 너 정말 짜증 나!!" 캥거루가 꽥꽥거렸다.

"진정 좀 해!" 내가 말했다. "난 그냥 물어봤던 거라구."

"그냥 물어봤다고? 장난하냐? 너, 대부분의 커플이 휴가 가서 갈라선다는 통계자료 못 봤어? 통계자료에 있다구! 그런 거나 위키피디아에서 찾아보시지!"

"우리 커플 아니거든." 내가 말했다.

"뭐?" 캥거루가 외쳤다. "우리가 커플이 아니면 뭐야? 덤 앤 더머, 델마와 루이스, 또…."

"셜록과 왓슨." 내가 말했다.

"맞아!" 캥거루가 말했다.

"근데 나 덤 앤 더머처럼 멍청이는 아니다." 내가 말했다.

"아니라고!" 캥거루가 다시 흥분해서 떠들었다. "우리 휴가 다 망쳐놓은 새끼가 누군데? 멍청이, 멍청이, 멍청이!"

"멍청한 건 너지!" 내가 말했다.

"이젠 너라면 지긋지긋 하다구!" 캥거루는 이렇게 외치고는 그물침대에서 뛰어내렸다. "나 지금 제트스키 타러 갈 거야. 같이 갈 거지?"

"근데, 캥거루는 암수 다 주머니가 있나?" 내가 물었다.

"야!" 캥거루가 위협적으로 소리쳤다.

"알았어. 알았다고." 내가 대꾸했다. "대신 각자 한 대씩이다."

제네시스 랜드

"그리고 우리의 하이라이트는 바로 실제 크기로 제작된 노아의 방주입니다!" 파워포인트 자료를 리모컨으로 넘기며 남자가 말했다.

"대체 뭐 하는 사람들이야?" 내가 캥거루에게 소곤거렸다.

"창조적인 사람들이야." 캥거루가 속삭이며 대꾸했다. "인간이 원숭이에서 진화한 게 아니라 하나님이 창조했다고 생각하거든."

"뭐?" 내가 물었다. "누가?"

"다들 성경을 사실로 믿는대. 토씨 하나 빼지 않고 다."

"그리고 노아의 방주 내부는 회의실 및 강의실로 사용됩니다." 남자가 말했다.

"대체 무슨 생각이래?" 내가 물었다.

"무슨 종교적인 테마파크를 만들려고 한대." 캥거루가 속삭였다.

"제네시스 랜드!" 무대 위의 남자가 외쳤다. "우리는 종교라는 무거운 주제를 현대적이면서도 체험 가능하도록 바꿀 것입니다. 우리가 모인 이 '불의 집'은 우리가 건축을 마친 첫 번째 건물로, 이곳에서는 멀티미디어를 통해 지구 종말을 체험할 수 있습니다. 그 외에도 수중 놀이기구를 즐길 수 있는 '노아의 홍수', '바벨탑' 등 다채로운 시설을 제작할 계획입니다."

"근데, 지금 우리 여기서 뭐 하는 거야?" 내가 물었다.

"여기 모인 사람들은 투자하려고 모인 거야." 캥거루가 대꾸했다.

"제네시스 랜드!" 남자가 다시 외쳤다. "이 테마파크는 상업적인 원칙하에 운영되며, 중단기적인 이익을 가져올 것입니다."

"응. 근데 지금 우리 여기서 뭐 하는 거냐고?" 내가 물었다.

"그냥. 재밌을 거 같아서." 캥거루가 대꾸했다.

"그것 때문에 스위스까지 와야 했냐고?" 내가 물었다. "완전 재미있을 거라고 약속했잖아?"

캥거루가 어깨를 으쓱해 보였다.

"자, 이제 질문이 있으신 분은 질문해주세요." 남자가 말했다. 캥거루가 손을 들었다.

"네, 거기 앞쪽에 앉아 계신 캥거루 분?"

"시설 내에서 예수로 변장한 배우가 돌아다닌다고 하셨는데요."

"네. 맞습니다."

"만약 제가 그 사람 왼쪽 뺨을 때리면 오른쪽 뺨도 내미나요?" 캥거루가 물었다.

"아…, 지금 말씀은 농담이신가요?"

"당근 아니죠!" 캥거루가 화가 나서 소리쳤다. "성경에 쓰여 있다고요."

사람들이 웅성거렸다. 동조하는 분위기였다.

"아, 그럼 그 조항을 계약서에 넣는 방안을 고려해 보도록 하겠습니다. 또 다른 질문 있으신 분?"

캥거루가 손을 들었다.

"말씀하십시오."

"혹시 가게에서 실제 크기 나무 십자가 같은 거 빌려서 멜 깁슨 영화 〈패션 오브 크라이스트〉를 체험해 볼 수도 있나요?"

"글쎄요, 그건 저도 잘….'

사람들이 웅성거렸다.

캥거루가 즐거운 듯 내 옆구리를 찔렀다. "너도 한마디 해 봐."

"테마파크 이름이 제네시스 랜드라고요?" 내가 말했다. "필 콜린스[1]랑 상표 도용 문제를 논의해 보신 거겠죠?"

"어쩌면 필 콜린스가 개장식에서 〈Another day in paradise〉를 부르게 될지도 모르겠군." 캥거루도 맞장구쳤다.

---

1 밴드 〈제네시스〉의 멤버. (옮긴이)

"아, 아이디어를 제공해 주신 것 감사합니다. 메모해 두겠습니다." 남자가 말했다.

"그리고 여기 인쇄물에 보면 '예루살렘 구시가지-레스토랑, 상점, 커피숍 등'이라고 적혀 있네요…. 아마 여기에 맥도날드나 H&M, 스타벅스가 입점하겠죠?" 내가 물었다. "근데, 제 기억으로는 이케아서 8장 15절에 '로널드 맥도날드[2]가 천국에 들어가기는 캥거루 한 마리가 바늘귀로 들어가는 것보다 어려우니라'라고 적혀 있는 거로 알고 있는데요?"

"테마파크를 가로지르며 흐르는 홍해는 관람객이 들어가면 둘로 갈라지나요?" 캥거루가 물었다.

"아니면 적어도 물 위를 걸을 수는 있는 건가요? 에…, 그러니까 〈와호장룡〉의 주윤발처럼요." 내가 물었다.

그때 갑자기 땅이 진동하더니 눈이 멀 것 같은 밝은 빛이 내게 쏟아졌다. 그리고 우레와 같은 소리가 울렸다. "너희는 내 이름을 더럽히고 망령되이 일컬었도다!"

"오 마이 갓!" 나는 식은땀을 흘렸고, 모든 사람들은 무릎을 꿇었다. 캥거루는 이미 튀고 없었다.

"너희들은 나의 율법을 어겼도다!" 목소리가 쩌렁쩌렁 울렸다.

"죄송요…." 나는 무릎을 꿇고 엎드린 사람들을 지나 바깥을 향해 내빼면서 기어들어가는 목소리로 말했다.

---

2 맥도날드 햄버거의 마스코트. (옮긴이)

"멈춰라!" 목소리가 울렸다. "저놈 못 가게 잡아라."

좌중이 고개를 들었다.

"저놈을 돌로 쳐라! 어흠흠흠."

하나님이 살짝 기침을 했다.

"잠깐, 생각이 바뀌었다." 하나님이 말했다. "모두 무릎을 꿇어라."

그런데 어디서 많이 들어 본…

"마크 우베!"

… 아주 많이 들어 본 목소리다. 나는 한숨을 쉬며 고개를 들었다.

"마크 우베!" 목소리가 쩌렁쩌렁 울렸다. 나는 대꾸하지 않았다.

"마크 우베! 대답하거라!"

"네?" 나는 약간 짜증이 나기 시작했다.

"내 너를 돌로 치는 대신, 한쪽 다리 들고 노래 부르면서 춤추는 걸 보고 싶노라."

캥거루의 저서 〈기회주의와 억압〉 중에서
제22장 : 진격의 창조론

창조론을 주장하는 유사과학자들은 인류의 기원에 대하여 진화했다고 보기에는 너무나도 '지능적인 디자인'이라며 반박하고 있다. 창조물의 복합성이, 이를 창조한 존재를 반증한다는 주장이다. 그러나 일각에서는 제아무리 창조주의 위대한 마법이 존재한다 할지라도, 인류가 지능적인 디자인의 결과물이라고 볼 수는 없다며 이를 반박하고 있다.

포장 비닐의 배신

캥거루가 내 책장을 뒤지더니 갑자기 두꺼운 니체 전집을 꺼내 들었다. 오리지널 판이었다.

"그들은 자신들의 물을 깊게 보이려고 스스로의 물을 흐리게 만든다." 캥거루가 말했다.

"뭐라고?"

"《짜라투스트라는 이렇게 말했다》에서 시인에 대한 부분이잖아. 안 읽었어?"

"아… 다는 안 읽었어."

캥거루가 오리지널 판 전집을 내 코앞에 디밀었다.

"똑똑해 보이고 싶으면 적어도 겉에 포장 비닐은 좀 벗겨내라, 응!"

"그 책 산 지 얼마 안 됐어." 내가 말했다.

캥거루가 앞발로 책에 묻은 먼지를 쓸었다.

"산 지 얼마 안 된 거 치곤 훌륭하게 먼지 먹었네." 캥거루가 말했다.

"너도 알잖아." 내가 대꾸했다. "먼지라는 게 뭐든 엄청 빨리 점령한다고. 2, 3주 책장에 놔뒀다고 금세…."

"산 지 얼마 안 됐다며?" 캥거루가 말했다.

"산 지 얼마 안 됐다 하면 한 3, 4주 전에 샀단 말이지." 내가 말했다.

캥거루가 책 뒷면을 봤다.

"가격 표시가 마르크로 찍혀 있는데?"•

"지금 TV에서 〈형사 콜롬보〉 또 하는 거야?" 내가 물었다. "저 구닥다리 형사물을 또 내보내다니 믿을 수가 없네."

"10마르크." 캥거루가 말했다. "여기 봐!!"

"그거 5, 6주 전에 헌책방에서 산 거야. 그래서 그렇게 먼지 묻은 거고." 나는 내 변명이 마음에 들어서 고개를 끄덕였다. "예전 가격이 그대로 붙어 있었나 보네."

"오리지널 판 니체 전집이 뜯지도 않은 채 헌책방에 있었다고?" 캥거루가 물었다. "지금 거짓말의 미로에 빠진 것 같군, 친구."

"거기 아마 책방 겸 헌책방이었던 거 같아." 내가 대꾸했다. "새 책 헌 책 다 판다고."

• 미래의 독자들에게 드리는 말씀 :
  a) 아직 자본주의 사회일 경우 : 마르크라는 화폐는 지금 너희가 화폐로 쓰고 있는 유로라는 화폐 이전에 쓰이던 화폐이다.
  b) 자본주의 사회가 아닐 경우 : 화폐는 더 이상 가치가 없을 테니까, 신경 쓰지 말 길 바람. (캥거루 주)

"그럼 그 책방 겸 헌책방 이름이 뭔데?" 캥거루가 물었다.

"잘 기억 안 나. 그때 투어 중이었거든."

"여기 '크로이츠베르크 헌책방'에서 샀다고 적혀 있네." 캥거루가 거짓말을 했다.

"말도 안 돼!" 내가 소리쳤다. "내가 그 책 샀을 때는 아직 거기…."

"아직 거기 뭐?" 캥거루가 물었다.

"아직 거기, 음…."

"거기 크로이츠베르크에 안 살았었다고?" 캥거루가 물었다.

"거기… 헌책방이 있는지 몰랐었다고."

캥거루가 버릇없이 책장에서 다른 책을 꺼내 들었다. 《스토아 철학서》였다.

"야! 그거 조심해! 그 책이 없었으면 아마 나는 너와 진작 갈라섰을 거야!"

캥거루는 책의 첫 장을 폈다. 책에는 크로이츠베르크 헌책방 이라는 소인이 찍혀 있었다.

"그거 어제 산 거야. 거기에 헌책방이 있다는 걸 어제서야 알게 됐거든." 내가 말했다.

캥거루가 책장을 넘기더니 볼펜으로 메모한 부분을 찾아냈다.

"그럼 이 모든 메모를 어제 다 했다는 말이겠네?"

"그 메모 원래 있던 거야. 살 때부터." 내가 말했다.

캥거루는 머리를 흔들더니 주머니에서 메모지 하나를 꺼냈다.

"여기 네가 오늘 아침에 나한테 준 메모지가 있거든."

"우유 사 오라고 써 줬던 거?" 내가 물었다.

"웅. 이제 이거랑 메모 필체를 비교해 보라고. 똑같지?"

"근데, 네가 이걸 왜 물어보고 있는 건데?" 내가 물었다. "대체 뭘 증명하고 싶은 건데?"

"너는 크로이츠베르크에 헌책방이 있었다는 사실을 오래전 부터 알고 있었던 거야." 캥거루가 말했다. "또 네가 내뱉은 거 짓말을 얼버무리기 위해서 계속 거짓말을 했지. 네가 크로이츠 베르크에 산 적 없다는 것과, 니체 전집을 산 게 어제도, 오륙 주 전도 아니고 몇 년 전이라는 사실을 숨기려고 말야."

"알았다고!" 내가 외쳤다. "나, 니체 전집 몇~년 전에 샀다! 왜 냐하면, 싸니까! 장식용으로 샀다, 왜? 나 그 책 읽은 적 없고, 앞 으로도 없을 거다! 됐냐?"

"더는 질문 없음." 캥거루가 말했다.

"근데 너 우유는 사 왔냐?" 내가 물었다.

"네? 무슨 말씀이신지?"

빗속에서

"우쒸! 완전 거지 같은 날씨네!" 내가 말했다.

"너 그 말 아까도 했어." 캥거루가 말했다.

캥거루가 우산을 들고 내 옆에 붙었다. 이 주머니 동물이 우산을 들고 껑충 뛸 때마다 물이 튀었다.

"이런 날 따뜻하고 뽀송한 집 창가에 앉아 비 오는 거나 보고 있었으면 얼마나 좋아." 내가 중얼거렸다.

"약한 소리." 캥거루가 말했다. "데모 끝나겠다. 서둘러!"

"이왕 데모할 거면 좀 더 좋은 날씨로 고르지 그랬냐?"

"모르는 소리!" 캥거루가 말했다. "데모는 당연히 비 오는 날이 제격이지."

캥거루는 며칠 전 시청에 '국가와 자본주의 그리고 나쁜 날씨'라는 주제의 데모를 하겠다고 등록했었다. 우리는 골목 하나를 돌아 모임 장소에 도착했다. 빗속에서 100여 명의 경찰들이 은행 앞에 집결해 있었다. 그러나…

"한 명도 안 왔어." 나는 탄식했다.

하지만 캥거루가 낙심할까 봐 미소 지으며 어깨를 토닥거려 주었다.

"날씨 때문일 거야." 내가 말했다.

아마 캥거루는 무척 상심했을 터였다.

"나쁜 날씨 타도!" 나는 주먹을 쥐고 팔을 들어 올리며 외쳤다. "나쁜 날씨 물러가라! 물러가라!"

하지만 캥거루는 기분 째지는 듯한 얼굴로 근처 커피숍으로 뛰어들어갔다. 나는 놀라서 어리둥절한 표정을 지었다.

"일루 와!" 캥거루가 불렀다. "여기 앉아 따뜻한 코코아 한 잔 마시면서 경찰들이 비 맞는 거 구경하자고. 내가 창가 자리 예약해 뒀지!"

새로운 이웃

제1부

캥거루는 자기 방에 앉아 두꺼운 파란색 책에 완전 중요한 부분인 듯 밑줄을 치고는, 아직 출판하지 않은 자기 책에도 뭐라고 끼적이고 있었다. 나는 방문을 확 열고 들어가서는, 비틀거리며 벽을 긁다가, 한숨을 폭폭 쉬다가, 방 안을 왔다 갔다 하다가, 바닥에 쓰러져서는, 경련을 일으키다가, 죽은 것처럼 누워 있었다.

"심심해?" 캥거루가 물었다.

"어어어어엉….". 내가 한숨을 쉬며 대꾸했다. "와아아안전 지루해!"

"그럼 그거나 하자." 캥거루가 말했다.

"뭐르으으을…?" 나는 바닥에 누운 채로 말했다.

"탐정사무소를 여는 거야." 캥거루가 말했다.

"탐정사무소?" 나는 어리둥절한 얼굴로 몸을 일으켜 앉았다.

"웅." 캥거루가 대꾸했다.

"그거 완전 정신 나간 생각인데."

"할래 말래?" 캥거루가 물었다.

"좋아." 내가 대꾸했다. "대신 사무소 이름은 '클링 & Co. 탐정 사무소'로 해."

"이름 진짜 후져! 아무도 안 올 거라고. 도대체 넌 마케팅이라는 거에 관심이 있기는 한 거야! 느낌 딱 오고, 귀에 쏙 들어오고, 신뢰감 팍팍 주는 그런 이름으로 해야 한다고."

"캥거루 & Co. 탐정 사무소?" 내가 눈썹을 치켜올리며 물었다.

"바로 그거지!" 캥거루가 말했다. "이래서 네가 맘에 든다니까."

"그러시겠지."

"이제 사무실 표어만 있으면 되겠군."

"무슨 일이든 신속하고 정확하게 해결해 드립니다." 내가 제안했다.

"흠." 캥거루가 고개를 저었다.

"아내가 바람을 피우십니까? 사춘기 자녀가 가출했다고요? 당신을 곤경에서 구해드리겠습니다."

"흠. 그런 의뢰라면 별로 받고 싶지 않아. 난 사형 대상 중죄인에 대한 탐정사무소를 구상 중이야."

"계획적인 살인, 우발적인 살인, 강간 이런 거?" 내가 물었다.

"그런 거 포함해서." 캥거루가 말했다. "모든 자본가형 범죄를 조사하는 거야. 주주, 펀드매니저, 금융 전문 변호사 같은 자본주의 범법자들을 응징하는 거지!"

"글쎄…," 내가 대꾸했다. "'어떤 문제든 어떤 질문이든 캥거루 & Co.로 오십시오!' 이게 더 나을 거 같아."

"그래 그럼. 그걸로 하자." 캥거루가 말했다. "이제 해야 할 일은 현관 앞에 '캥거루 & Co. 탐정사무소'라고 문패 달고, 인터넷에 광고 내면 돼."

우리는 인터넷에 광고 올리고, 집 안의 가구 배치를 바꾸고, 열쇠공한테 주문한 청동 문패를 캥거루가 문에 약간 삐딱하게 못질해 걸은 후에, 침실 겸 사무실에 앉아 흥미로운 사건 의뢰를 기다렸다.

"생각보다는 시간이 걸리네." 나는 몇 시간쯤 앉아 기다리다가 말했다.

"그렇군." 캥거루가 대꾸했다. "우리한테 필요한 건 다른 경쟁 업체일지도 몰라."

캥거루는 챙이 넓은 모자를 푹 눌러 쓰고 시가를 피웠다. 그 냄새가 역해서 나는 기침을 콜록콜록하다가 창문을 열었다. 소형 화물차 한 대가 집 앞 주차장에 차를 대고 있었다.

"전에 너 있던 방 세 놨다던데." 내가 말했다. "아마 새 이웃이 생길 것 같아."

캥거루가 호기심 어린 얼굴로 다가왔다.

"저건 거 같아?" 캥거루가 물었다.

"그런 거 같아."

화물차 문이 열리더니 우리의 새 이웃이 내려서는 짐 옮기는 카트로 제일 먼저 냉장고를 옮기는 게 보였다.

"화물차에 뭐라고 쓰여 있는 거야?" 캥거루가 눈을 가늘게 뜨며 물었다.

"코프로스트 냉동식품이라고 적힌 것 같아."

"왠지 수상쩍은데." 캥거루가 이렇게 중얼거리며 시가를 어금니로 씹었다.

"응. 왠지 특이하네." 내가 말했다. 그는 바로…

두두두두두두두!
빵~빠~바~바바바바~~
클로즈업 : 펭귄 한 마리.

제2부

아래층에 사는 늙은 부인과 마주쳤을 때, 나는 긴 투어에서 돌아와 양손에 짐을 한가득 들고 좁은 복도를 낑낑대며 지나가는 중이었다.

"총각, 새로 이사 온 놈 봤어?" 부인이 물었다.

나는 고개를 끄덕였다.

"외국인 맞지?"

나는 고개를 끄덕였다.

"빌어먹을 흑인 새끼."

"뒷면만 까매요." 내가 말했다. "앞면은 에바 브라운[1]같이 하얗고요."

"저 새끼가 요새 매일 아침마다 신문 훔쳐가는 게 분명하다구. 망할 터키 새끼!"

"남극인가에서 온 거로 알고 있는데요…." 내가 대답했다.

"남극이고 북극이고, 이제 아주 전 지구적으로 지랄들이네."

"뭐…, 바다 건너 저 멀리서 오긴 했죠." 내가 말했다.

나는 늙은 부인을 뒤로 한 채 계단을 올랐다. 나는 코를 킁킁거렸다. 문 아래의 틈새로 연기가 자욱하게 새어 나오고 있었다.

또 무슨 짓을 벌이고 있는 거지? 나는 지친 몸으로 짐가방을 바닥에 내려놓고 조심스럽게 문을 열었다.

캥거루는 거실에 있었다. 용접용 마스크를 쓰고, 손에는 용접기구를 들고는 뭔가를 만들고 있었다.

나는 말없이 방 안으로 들어섰다. 캥거루가 인기척을 느끼고 마스크를 올렸다.

"안녕!" 캥거루가 유쾌하게 인사했다.

"뭐 하는 거야?" 내가 물었다.

"비밀 무기!" 캥거루가 대꾸했다. "탐정이라면 비밀 무기가 있어야지."

---

1 히틀러의 내연녀. (옮긴이)

"그렇군." 나는 시큰둥하게 대꾸하고는 곧바로 내 방으로 가려고 했다.

"봐봐! 이거 카메란데 전화도 할 수 있다고. 죽이지?" 캥거루가 말했다. 나는 숨을 들이마신 다음, 캥거루에게 몸을 돌려서, 입을 열고 무슨 말을 해 주려다가, 그냥 입을 닫고, 밖에 세워 둔 짐만 들고 들어왔다.

"의뢰 상황은 어때?" 내가 물었다.

"그냥 그래." 캥거루가 마스크를 다시 벗으며 대꾸했다.

"의뢰 없음?"

"아직 없음!" 캥거루는 '아직'을 강조했다.

"그럼 내가 첫 번째 의뢰를 할게." 내가 말했다. "매일 아침, 우리 건물 우편함에서 신문을 훔쳐가는 사람이 있대. 누군지 알아내 줘."

"흠." 캥거루는 양철 마스크를 방구석에 내던지며 의자에 앉아 몸을 뒤로 한껏 제치고는 책상 위에 발을 올렸다. "먼저 의뢰비에 대해 말해 보자구. 보수는 500유로야. 경비는 별도고."

"5유로!" 내가 말했다. "경비 없이."

"받아들이지." 캥거루가 벌떡 일어났다. 우리는 악수했다. 캥거루가 배주머니에서 곧바로 신문 한 더미를 꺼냈다. "짜잔!"

"그럴 거라고 예상은 했어." 내가 말했다.

"나는 국민의 알 권리를 우롱하는 허위 정보를 차단하기 위한 조치를 실행에 옮겼을 뿐이야." 캥거루가 말했다. "사건 해결.

5유로 줘."

"두 번째 의뢰를 할게. 없어진 내 선글라스 좀 찾아줘. 빠른 시
간 내에 부탁해." 내가 말했다.

"짜잔!" 캥거루가 배주머니에서 선글라스를 꺼내며 외쳤다.
"사건 해결! 10유로 줘!"

나는 신문 더미와 선글라스를 받아들고 내 방으로 갔다.

"진짜 의뢰가 들어오면 불러. 나 베란다에 있을 테니까." 내가
말했다.

"친구, 의뢰비 주셔야지!" 캥거루가 내 뒤통수에 대고 외쳤다.
"야! 이리 와봐! 너 앞으로 밤길 조심하는 게 좋을 거야! 너 어디
사는지 다 아니깐!"

제3부

"탐정사무소라고요?" 그날 오후, 내 새로운 정신과 의사가 눈
썹을 치켜올리며 물었다. "잠시만요."

의사는 전화기의 호출 버튼을 누르며 말했다. "로이스 양, 내
방으로 들어오세요."

잠시 후 키가 큰 금발 파마머리의 여성이 문으로 들어왔다.

"지금 여기!" 정신과 의사가 웃음을 참으며 말했다. "이 환자
분께서 자신의 캥거루와 함께 탐정사무소를 개업했다는데, 너
무 멋진 이야기라 혼자 듣기 아까워서. 자, 다시 한 번 설명해 주

세요."

"제가 너무 스트레스 받고 있는 것 같아요!" 내가 말했다. "글 쓰고 공연하는 것만으로도 벅찬데, 탐정사무소까지 차려놔서 얼마나 정신없는지."

"알아요, 알아." 의사가 말했다. "나도 부업으로 CIA에서 일해요. 다들 그러고 사는 거죠. 큭큭큭. 지나가다가 시간 되면 함 들러 보겠습니다. 아하하핳!"

의사가 더 이상 웃음을 참지 못하고 주먹으로 책상까지 두드려댔다.

방금 불려 온 접수대의 로이스 양은 표정 없는 얼굴로 문가에 서 있었다. 의사가 웃음을 추스르며 헛기침을 했다.

"자," 의사가 계속 헛기침을 하며 말했다. "고마워요, 로이스 양. 이제 나가 봐요!" 이렇게 말하는 동안, 의사의 두 번째 웃음 발작이 시작되었다. 로이스 양은 어이없다는 얼굴로 밖으로 나갔다.

"참 듬직한 친구죠." 의사가 말했다. "유머 감각은 없지만."

의사가 나를 바라보더니 다시 한 번 얼굴이 벌게져서 말했다. "자, 그럼 다음 미션 때까지. 그리고 이 방은 5초 후 자동으로 폭발할 거요!"

의사는 이성을 잃고 자기 장딴지를 때려가며 미친 듯 웃어댔다.

"탐정사무소! 아하하하하!!"

나는 벌떡 일어나서 방을 나와 버렸다.
"담번엔 캥거루 델고 온다!" 나는 중얼거렸다.

빛으로부터

우리는 아침 식사를 하려고 식탁에 앉아 있었다. 오전 아홉 시가 좀 넘어 있었다.

"며칠 동안 어디 갔었어?" 캥거루가 물었다.

"브레히트 페스티벌에 초대받았었어. 브레히트에 관한 시 한 편 썼던 거 기억나지?"

"오 노…." 캥거루가 중얼거렸다.

"내가 잠깐 읽어줄게."

"아, 나의 아침이…." 캥거루가 신음했다.

나는 시를 낭독했다.

빛으로부터
얼마 전, 브레히트 전집 위에 두 발로 섰다.
우리에겐 빛이 필요했고, 천장에 전구를 달았다.

내 발밑 노인의 맘에도 들었으리라.

자신의 작품이 이보다 더 실용적일 수는 없을 테니.

"그래서, 반응은?"

"사람들이 낄낄대고 웃었어." 내가 대꾸했다. "근데 걔들이 이 시의 참뜻을 진짜 이해했는지는 모르겠어."

캥거루가 코코아를 탔다.

"근데 웃긴 게 뭔지 알아?" 내가 물었다.

"브레히트 페스티벌 스폰서가 은행이라는 거?"[1]

"응. 근데 또 있어. 어제 오후에 나를 초대한 사람이 제공해 준 오성 호텔로 돌아와 보니까, 객실 청소부가 아수라장으로 어질 러 놨던 방 안을 마치 처음부터 내가 없었다는 듯 정리해 놨고, 내가 벗어 던져두고 간 레이지 어게인스트 더 머신[2] 티셔츠는 곱게 접혀서 침대 위에 놓여 있더라고."

캥거루가 코코아 컵에서 시선을 들어 어딘가 멀리 바라보았다.

"바로 그 순간, 어떤 부조리를 느낀 거지. 깨끗하게 정돈된 오 성 호텔 안에 곱게 접혀진 레이지 어게인스트 더 머신 티셔츠라 는 장면에서 말야. 뭐라 말로 설명 못 하겠어."

---

1 "은행을 설립하는 것에 비하면 은행을 터는 게 무슨 대단한 일입니까? 한 사람을 고용 하는 것에 비하면 한 사람을 죽이는 것이 뭐 대수입니까?" – 베르톨트 브레히트, 서푼짜리 오페라 中. (옮긴이)
2 Rage Against The Machine, 극좌파 하드코어 밴드. (옮긴이)

"그래서, 캐비어도 맛봤어?" 캥거루가 물었다.

"너무 짜더라." 내가 대꾸했다.

캥거루가 비웃듯이 고개를 흔들었다.

"흠." 나는 깊은 생각에 잠겼다.

슈미슈미

똑똑똑. 누군가 탐정사무소 문을 두드렸다.

"들어오세요." 캥거루가 말했다.

똑똑똑.

"경찰이오! 문을 여시오!"

"문 열려 있는데요." 캥거루가 대꾸했다.

똑똑똑.

"거기 손잡이를 아래로 내리면 문이라는 게 열리는데요." 캥거루가 소리쳤다. 문이 열리고, 슈미트라는 이름의 짜리몽땅한 콧수염 경찰이 들어왔다. 그는 온종일 창가에 서서 창밖을 바라보는 일로 시간을 허비하는 나를 잠시 바라보고는, 챙 넓은 모자를 쓰고 책상에 발을 올리고 앉아있는 캥거루를 바라보았다.

"무슨 일이신지, 슈미슈미?" 캥거루가 물었다.

"슈미트요! 나는 이 지역 순찰 담당이오."

"네, 네. 진정하시죠. 슈미슈미." 이렇게 말하며 캥거루는 미소 지었다. 불쌍한 토종 순찰관을 골려 먹는 것보다 더 큰 기쁨은 없는 것 같았다.

"난 농담 따위 하고 싶지 않소!" 슈미슈미가 외쳤다. "난 이 지역 순찰지구대장이란 말이오!"

"그래서, 무슨 일로 오셨는지?" 캥거루가 물었다. "보시다시피 제가 좀 바빠서요. 여기 있는 제 동료와 함께 영문학의 기원에 대한 논쟁을 벌이고 있었던 중이거든요."

"그러니까, 만약 당신이…." 슈미슈미가 말했다.

"In medias res[1], 슈미슈미!" 캥거루가 외쳤다. 슈미슈미가 도와달라는 눈빛으로 나를 바라보았다.

"본론으로 들어가자는 말인데요," 내가 대꾸했다. "왜 오신 건지 말씀 좀?"

"아, 그렇군요. 다른 게 아니고, 누가 이번에 신축한 악셀 슈프링거 기념 교회에 불을 질렀소."

"그나저나, 아름다운 부인께서는 잘 계시는지요, 슈미슈미?" 캥거루가 갑자기 질문했다. "여기 제 동료가 말해주길, 부인이 대단한 미인이시라던데."

슈미슈미가 의심과 두려움이 섞인 눈빛으로 나를 바라보았다.

"농담이었습니다, 슈미슈미!" 캥거루가 말했다. "분위기 살짝 좋아지지 않았나요?"

---

1 '본론으로 들어가서'라는 뜻의 라틴어. (옮긴이)

"어디까지 얘기했죠?" 슈미슈미는 자신의 수첩을 뒤적거렸다.

"누가 악셀 슈프링거 기념 교회에 불 질렀다면서요." 캥거루가 말했다. "… 그런데 여긴 왜 오셨는지…?"

"아, 맞소. 왜냐하면 바로 당신이 혐의를 받고 있기 때문이오!"

"전 불 안 질렀어요! 하지만, 솔직히 말해 불 지르고 싶긴 했죠."

"아하! 불을 지르고 싶었다고요?"

"자, 함 생각해보세요, 슈미슈미. 내가 불을 질렀다면 왜 내가 불을 지르고 싶었다고 말하겠어요?"

"허허허. 불을 지르지 않았다는 걸 나도 믿고 싶소. 하지만 진짜 불을 지르지 않은 걸 어떻게 증명할 수 있소?"

"잘 들어 봐요, 슈미슈미. 만약 제가 진짜로 불을 질렀다면, 불을 지르고 싶었다고 말하겠어요?"

"그런 그렇소만. 흠."

"보세요, 슈미슈미. 만약 내가 불을 질렀다면, 당신이 내가 불을 지르지 않았다고 생각하도록 내가 불을 지르고 싶었다고 이야기하지는 않았을 거라구요. 내가 실제로 불을 질렀기 때문에 당신이 내가 불을 지르지 않았다고 생각해야 하니까 내가 불을 지르고 싶었다고 이야기하지 않았을 거란 말이죠."

"그래서 당신이 한 짓이 아니라는 거요?"

"내가 당신이 내가 불을 질렀다고 생각하지 못하게 하려고 하는 걸 당신이 모르도록 내가 불을 지르고 싶었다고 말하지 않았을 거라고 당신이 생각하도록 계획했다는 걸 당신이 알 거라고 내가 생각한다는 걸 당신이 안다고 생각하기 때문에 이런 말을 하고 있는 거죠! 다시 말해 이 모든 게 당신을 헷갈리게 하기 위한 속임수라는 건데, 세상에 누가 이렇게 끔찍한 짓을 당신에게 하겠어요?"

"하지만 만약 당신이 불을 안 질렀다면 대체 누구란 말이오?"

"글쎄요, 슈미슈미. 나도 아니고, 창가에 종일 서 있는 내 동료도 안 했다면…," 침묵. "이 방에서 불을 지를 사람은 당신밖에 없군요."

"나요?" 슈미슈미가 외쳤다.

"혹시 어젯밤에 어딨었죠?"

"지… 집에 있었소. 아내랑."

"그래요?" 캥거루가 물었다. "공교롭게도, 여기 내 동료가 어젯밤 당신 아내랑 함께 있었다는 사실을 저는 알고 있습니다."

"뭐… 뭐요?" 슈미슈미가 창백한 얼굴로 외쳤다.

"하하. 농담이에요, 농담. 슈미슈미!" 캥거루가 말했다. "웃자고 한 소리예요. 살짝 재밌지 않았습니까?"

슈미슈미는 헷갈리는 듯 머리를 흔들었다.

"오 저런, 가여운 슈미슈미!" 캥거루가 말했다. "너무 지쳐 보이네요! 집에 가서 잠깐 눈이라도 붙이는 게 좋을 것 같군요, 우리 불나방 친구."

"그래, 그러는 게 낫겠군." 슈미슈미가 중얼거리며 사무소를 나갔다.

캥거루가 히죽거리며 나에게 곁눈질을 했다.

"근데 네 모자, 불에 좀 그슬린 것 같은데."

"그래?" 캥거루가 말했다. "지난번에 바비큐 파티 갔다 왔거든."

블랙박스

"야, 어떻게 생각해? 싱크대에서 큰 냄비를 씻을 때 말야, 싱크대에서 큰 냄비 씻는 것보다 큰 냄비에서 싱크대 씻는 게 더 쉽지 않을까?" 내가 캥거루에게 묻는 동안에도 양말 위로 싱크대와 냄비에서 튀어나온 물줄기가 떨어졌다.

"또 철학 나부랭이?" 캥거루가 아침 식탁에 앉아 코코아 컵에 우유를 따르며 물었다. 그러고는 입술을 삐죽 내밀고 공기 소리를 휙 휙 냈다.

"뭐 해?" 내가 물었다.

"휘파람 부는 거 연습 중이야." 캥거루가 대꾸했다.

"아무 소리도 안 들리는데?"

"아직 연습 중이라 그래."

캥거루가 코코아를 홀짝이더니 뭔가가 불만인 듯 고개를 저었다.

"거기 코코아 봉지 좀 줘."

"여기." 나는 캥거루가 내민 앞발에 봉지를 건네줬다.

"이건 봉지 스프잖어." 캥거루가 말했다. "죽을래?"

"이것 봐봐!" 캥거루가 조간신문의 기사 하나를 가리키며 외쳤다. "오늘 나치 시위 있대. 가 보자."

"나치 시위라. 멋진데!" 내가 말했다. "근데 내 나치 군복 세탁 맡겨서 못 가."

"하. 하." 캥거루가 재미없다는 듯 웃었다. "내 말뜻 알잖아."

"안타깝게도 잘 알지…." 내가 대꾸했다. "가자면 갈 거고 주먹질하자면 주먹질도 할게. 대신 전리품 분배는 네가 맡아."

"그야 문제없지!"

"그리고 나 엄호해주는 거 잊지 말고." 내가 말했다.

"걱정 마." 캥거루가 말했다. "내가 엄호해줄게."

우리는 지하철을 타고 알렉산더 광장까지 갔다. 도착해 보니 시위 장소는 완전히 봉쇄되어 있었다. 내 사랑 독일 경찰들!

"나 이아 아오게." 내가 말했다.

"뭐?" 캥거루가 물었다.

나는 입에서 권투용 마우스피스를 빼서 캥거루에게 돌려주며 말했다.

"나 피자 사 올게."

"난 지하철 플랫폼 위로 갈게." 캥거루가 말했다. "나치들 지하철에서 나올 때 머리에 침 뱉어주게!"

우리는 헤어졌다. 시위 직전, 내가 점심거리를 들고 계단을 오르고 있을 때 캥거루가 소리쳤다. "야, 빨리 와! 빨리! 저것 좀 봐!"

내 눈에는 한 무더기의 나치들과, 나치만큼 깔린 진압 부대가 들어왔다.

"저기 저 간이천막 보여?" 캥거루가 검은색 사각형의 천막을 가리키며 물었다.

"경찰들이 저리로 나치 놈들을 데리고 들어간 다음 무기 소지 검사를 하는 걸 거야." 내가 말했다.

"그래! 사람들은 그렇게 말하겠지!" 캥거루가 말했다. "그런데 우연하게도 모양이나 색상이 구조적으로 블랙박스와 비슷하게 생긴 저 검은색 천막을 보라고. 블랙박스나 저 천막이나, 내부 구조가 어떤지, 기능이 어떻게 동작하는지는 전혀 알려진 바가 없잖아. 우린 저들이 들어가고 나오는 거 보는 게 다라고. 블랙박스의 인풋 아웃풋처럼 말야. 여기서부터 중요해. 분명 경찰들이 나치 세 명을 천막 안으로 데리고 들어갔는데, 몇 분 후 경찰 세 명이 나왔어. 내 눈으로 직접 봤어."

캥거루가 얼마간의 극적인 침묵 후 속삭였다. "우연일까?"

"글쎄, 그건 나도 잘⋯."

"야! 난 내가 본 걸 말했을 뿐이라구." 캥거루가 말했다. "결론은 직접 내려."

"정확히 무슨 결론을 내려야 하는데?"

"바로 저게 연방안전기획부가 일종의 비공식적인 협력자를 징발하는 장면인 게 분명해."

"정보원." 내가 말했다. "그런 걸 서방의 기관에서는 정보원이 라고 그러는 거야."

"뭐로 불리던지." 캥거루가 대꾸했다. "암튼 내부 구조가 알려 지지 않은 블랙박스라는 물건, 브라운 박스라고 불려도 무방하 지만, 아무튼 이 장치의 실제적 구동 과정을 들여다보면, 결국 그리 신뢰할 수 없는 정보원에 의한 쓰레기 정보뿐일 가능성이 있다는 거지⋯."

"히틀러가 1차 세계대전 직후 정보원 노릇을 한 적 있다는 거 알고 있었어?" 나는 캥거루의 말을 끊었다.

"뭐? 농담이지?"

"아냐. 〈슈피겔〉에서 읽은 거니까 거의 확실하다고 봐야겠지."

"그럼 그렇지! 〈슈피겔〉 말고 그런 걸 어디서 썼겠어."

"아무튼, 히틀러가 바이에른 주에 있는 독일 국방군 정보부에 정보원으로 채용됐었대. 소규모 좌익 정당 감시하는 게 임무였 다나. 근데 뭐 요즘 생각하는 것처럼 심각한 일은 아니었을 것 같아. 그 당시의 정보원이라는 건 단골 술집에 앉아 술 한 잔 기 울이며 떠드는 거였을 테니까."

"아하." 캥거루가 대꾸했다. "내 생각엔, 그 방식 자체는 많이 달라지지 않은 것 같아."

"히틀러는 민족사회주의 독일노동자당[1]이 결성되기 전, 독일

노동당을 정찰했던 것 같아. 그런 다음 '이 루저 새끼들! 내가 먹어 주마'라고 생각했던 것 같고."

"그러니까 넌 정보원이라는 거 자체를 비판적으로 보고 있는 거야?" 캥거루가 물었다.

"영화 〈레옹〉을 보면 답이 있어." 내가 말했다. "일이 잘되기를 바라면, 프로를 고용하라."

캥거루는 블랙박스 쪽을 바라보며 생각에 잠겼다.

"저 안에서 무슨 일이 벌어지는지 알아내야겠어." 캥거루가 말했다. "천막 옆에 덤불 보여? 거기로 기어들어간 다음, 천막에 작은 구멍을 뚫는 거야. 그런 다음 나에게 말해 줘."

"넌?" 내가 물었다. "넌 뭐할 건데?"

"난 망볼게." 캥거루가 말했다. "누가 다가오면, 휘파람으로 알려줄게."

---

1 독일 나치당. (옮긴이)

They paved Paradise…[1]

"내가 싫어하는 게 뭔지 알아?" 나는 캥거루에게 물었다.

"네 컴퓨터?"

"응." 내가 대꾸했다.

"그거 말고 다른 것도 알아?"

"말장난하는 거?"

"응, 맞어. 또…"

"로비스트?"

"그건 누구나 싫어해."

"방송제작자?"

"당연하지."

"펀드 매니저?"

---

1 They paved paradise and put up a parking lot. 그들은 천국을 없애고 그 위에 주
차장을 만들었다. : 조니 미첼(Joni Mitchell)의 〈빅 옐로우 택시(Big Yellow Taxi)〉中.
(옮긴이)

"맞어." 내가 대꾸했다. "그거 말고 또 알아?"

"아니. 뭐가 더 있는데?"

"주차장."

"주차장?"

"응." 나는 대꾸하며 몸을 부들부들 떨었다. "난 주차장이 싫어!"

"흠." 캥거루가 말했다. "왜?"

"나 어릴 적에 플라스틱으로 된 주차장 장난감 선물 받은 적 있어." 내가 말했다.

"맘에 안 들었어?" 캥거루가 물었다.

"맘에야 들었지." 내가 말했다. "당연히 좋아했지." 그러고는 소리를 질렀다. "애였으니까! 어린애가 인생에 대해 뭘 알겠어?! 당시 난 모든 게 다 좋았다구!! 하지만 진짜 질문은 이거야. 어떤 미친 새끼가 어린애한테 플라스틱으로 된 주차장 장난감을 주냐고!!"

"주차장이 널 많이 힘들게 했구나?" 캥거루가 물었다.

"그런 게 아니야." 내가 대꾸했다. "주차장은 이 시대의 현상을 반영하는 전형물이야."

"무슨 뜻이야?" 캥거루가 물었다.

"모르겠어. 그냥 그런 느낌이야. 이해가 돼? 만약에 외계인이 지구에 와서 나한테 지구에 관해 얘기해 달라고 하면, 나는 주차장을 보여줄 거야." 내가 말했다. "나는 주차장이 진짜 싫어!"

"그래." 캥거루가 대꾸했다.

"사람들은 시립극장 건물을 철거하고 주차장을 세웠다고!" 내가 말했다.

캥거루가 고개를 끄덕이며 말했다. "이해해."

"그거 말고 내가 또 뭘 싫어하는지 알아?"

"몰라." 캥거루가 대꾸했다. "말해줘."

"바로 전자레인지야."

"그렇군." 캥거루가 고개를 끄덕였다.

"미국 사람들한테, 전 시대를 통틀어 가장 훌륭한 발명품이 뭐라고 생각하느냐는 설문 조사를 했는데, 사람들이 뭐라고 대답했는지 알아?"

"전자레인지?" 캥거루가 물었다.

"너 이 설문 내용 알고 있었어?" 내가 당황해서 물었다.

"아니." 캥거루가 대꾸했다. "그냥 맥락상 그럴 것 같았어."

"바퀴도 아니고," 내가 말을 이었다. "전화도 아니고, 텔레비전조차 아니고…"

"전자레인지라 이거지." 캥거루가 대신 대답했다.

"맞아!" 내가 말했다. "단 몇 초 만에 모든 종류의 음식에 깃든 고유의 풍미를 제거하는 놀라운 발명품이지. 만약 외계인들이 주차장 배기가스 냄새가 참을 만하다고 생각하면, 전자레인지로 데운 봉지 수프 요리를 대접할 거야."

캥거루가 불안하다는 눈빛으로 나를 바라보았다.

"그리고 내가 또 뭐 싫어하는지 알아?" 내가 물었다. 캥거루가 고개를 절레절레 흔들었다.

"바로 디지털 액자야!" 내가 외쳤다. "외계인들이 지구를 떠날 때, 작별 선물로 주차장 사진, 전자레인지 사진, 디지털 액자 사진을 넣은 디지털 액자를 선물할 거야. 그걸로 우리 시대의 초상이 완성되는 거라구. 주차장, 전자레인지, 디지털 액자는 흉측하고, 취향 후지고, 개성 없고, 암적이고, 비싸고, 전혀 쓸모 없는 것들의 상징이야."

캥거루가 걱정스러운 눈빛으로 나를 바라보았다.

"근데 이 중에서 내가 제일 싫어하는 게 뭔지 알아?" 내가 물었다.

"몰라." 캥거루가 말했다. "뭔데?"

"주차장!!" 나는 이성을 잃고 소리쳤다. "난 주차장이 정말 싫어!!"

Just because you're paranoid, don't mean they're not after you[1]

"《자본론》이 마르크스와 엥겔스의 23번째 저작이라는 게 단지 우연이라고 생각해?"[2] 캥거루가 물었다.

"아니, 우연은 아니지." 내가 말했다. "작품을 연대순과 종류에 따라 분류한 거지."

똑똑똑.

"들어오세요!" 캥거루가 말했다. 지난번의 땅딸막한 지역 순찰관이 거실로 들어섰다.

"얼굴 좋아 보이시네요!" 캥거루가 말했다. "방금 저와 제 동료는 현대 사회의 반투과성적 모방론에 대해서는 정말이지 한 문장도 알아들을 수가 없는 부당함에 대해 토론하고 있었는데, 댁도 그렇게 생각하지 않으시는지?"

---

1 이는 원래 미국 작가 조셉 헬러의 소설 《Catch-22》에 등장하는 문구다. 록그룹 너바나의 커트 코베인은 앨범 〈네버마인드〉에 수록된 〈Territorial Pissings〉라는 곡의 가사로 이 문구를 인용했다. (옮긴이)
2 숫자 23과 관련한 모종의 음모론이 있음. (옮긴이)

"에… 아… 저…, 제가 여기 온 건 다름 아니라 지난번 악셀 슈프링거 기념 교회 화재 사건 때문에 몇 가지 질문을 드리고 자…."

"잘 오셨어요!" 캥거루가 말했다. "정말 잘 오셨어요. 저도 그 사건에 대해 생각해 보고 있었던 중인데, 결론은…."

캥거루가 슈미슈미를 손짓하며 불렀다. "가까이 와 보세요."

슈미슈미가 책상 근처로 왔다. 캥거루가 몸을 굽히더니 그의 귓가에 속삭였다. "제 생각엔 모종의 음모가 있는 것 같습니다!"

"음모라고요?" 슈미슈미가 깜짝 놀라며 물었다.

"그렇다니까요." 캥거루가 말했다. "미국 정부가 전쟁이 일어 나기를 원했기 때문에 진주만 폭격을 미리 알고도 묵인했다는 얘기는 들어 보셨는지? 아니면 아직도 9.11 사건의 배후 세력이 사담 후세인이라고 믿고 있으신지?"

"그 말씀은, 악셀 슈프링거 본인이란 말씀입니까…?" 슈미슈 미가 물었다.

"난 아무 말도 안 했어요." 캥거루가 대꾸했다.

"범행 동기가 뭘까요?" 슈미슈미가 물었다. "판매 부수를 늘 리기 위해서?"

"탁월하십니다!" 캥거루가 말했다. "매우 훌륭한 추론이군요. 하지만 그렇게 단순하지는 않은 것 같습니다. 어쩌면 9.11 사건 처럼 베일에 싸인 제삼자가 있을지도 모르죠. 그건 바로…" 캥 거루는 말이 막힌 것 같았다. "그건… 에…"

캥거루가 나를 쳐다봤다.

"손톱가위 제조업자들."[3] 내가 말했다.

"그래! 바로 손톱가위 제조업자들이예요." 캥거루가 말했다. "친애하는 슈미슈미. 테러로 가장 이득을 보는 자들이 누구인지 먼저 고려해야 하는데, 테러 이후 많은 사람들이 안전 검사 때 손톱가위를 버려야 했고, 착륙 후에는 새 손톱가위를 사게 된 거죠. 난 테러 직후 9월 12일에 손톱가위 제조업자 대표한테 테러 주동자로 의심된다는 내용의 편지를 썼어요."

"그래서요?" 슈미슈미가 물었다.

"원래…" 캥거루가 입을 열었다. "침묵도 일종의 대답이긴 하죠…."

"아, 그렇군요. 그들이 두렵지 않습니까?" 슈미슈미가 물었다.

"이제까지 손톱가위 제조업자들의 범행을 입증할 증거가 없어서 손톱가위로 살인을 저지를 수 있는가에 대한 의문이 제기됐었죠. 예전에 한 미치광이가 조종석으로 들이닥쳐서는 '당장 항로를 바꾸시오. 안 그러면 손톱을 잘라주겠소!' 했던 사건은 있었다고 하던데… 크크큭."

"그렇다면, 방화의 배후 세력은…" 슈미슈미가 말했다.

"쿠바 망명자들일 수도 있고!" 캥거루가 외쳤다. "마피아일 수도 있고, 프리메이슨일 수도 있고, 감기 사탕 산업일 수도 있고,

---

3 9.11 테러 직후, 공항에는 손톱가위 반입이 금지되었음. (옮긴이)

영화 세트장에서 달 착륙 장면 연출했던 놈들일 수도 있고! 어떤 배후 조작 세력일 수도 있고, 담배를 피우는 남자[4]일 수도 있고, 개그 4인조일 수도 있고, 히틀러의 부하들일 수도 있고, 바티칸 교황청일지도 모르죠!"

"바티칸 교황청?"

"요한 바오로 1세가 교황에 오른 지 33일 만에 내부 세력에 의해 숙청당한 거 모르시는지? 교황청의 부패한 은행과의 결탁을 개혁하려고 했기 때문에 독살당한 거죠!"

"정말입니까?" 슈미슈미가 물었다.

"마지막으로 한마디만 하자면, 외계인이 관여했을 수도 있다는 사실…."

"외계인?"

"쉿!" 캥거루가 말했다. "더 이상 말하면 위험합니다…."

"그 모든 게 사실입니까?" 슈미슈미가 물었다.

"이렇게 얘기하면 어떨까요?" 캥거루가 말했다. "가장 말 많은 음모론들의 공통점은 진실에 가까워지고자 하는 몸부림이라는 사실이죠. 23 x 23은 얼마인지 계산해 보신 적 있으신지? 666!"

슈미슈미가 깊은 생각에 잠겼다.

"그거 답 틀렸는데." 내가 속삭였다.

"쉿!" 캥거루가 속삭였다. "난 16진법으로 계산한 거라구."

---

4 미스테리한 사건을 추적해가는 FBI 요원들의 이야기를 다른 미국 드라마 〈X파일〉에 등장하는 인물. '담배 피우는 남자'는 극 중 음모 세력을 상징하는 인물임. (옮긴이)

"하지만 이 히틀러의 추종자들을 어디서 찾을 수 있단 말이오?" 슈미슈미가 물었다.

"어디서 찾을 수 있냐고요? 지금 나한테 물으시는 거?" 캥거루가 물었다. "댁은 모든 기차와 버스 노선을 정확히 아시나요? '정차 안 함' 표시가 들어온 버스가 어디로 향하는지? 아니면 그런 게 어디로 가는지 물어본 적은 있으신지? 공항에서 분실한 짐가방이 어디로 흘러가는지? 왜 이따금 서랍 속 양말이 짝이 맞지 않는지, 오늘 아침에 가져온 볼펜이 어디로 사라졌는지, 잊힌 옛사랑의 흔적이 인간의 얼굴에서 어떻게 자취를 감추는지? 바로 거기에 해답이 있는 거죠. 이 이상 도와드릴 수는 없을 것 같은데…."

"그러니까," 슈미슈미가 물었다. "단서는 바로 치매 환자요?"

캥거루는 한순간 무너져서 잠시 웃다가 이내 자세를 가다듬었다. 캥거루는 촉촉한 눈으로 슈미슈미를 바라보았다. 웃다가 고인 눈물 한 방울이 뺨을 타고 또르르 흘러내렸다. "치매 환자라…." 캥거루는 고개를 흔들며 중얼거렸다. 그러고는 헛기침을 한 번 했다.

"어쩌면 치매 환자일 수도 있겠지요. 하지만 친애하는 슈미슈미, 우리가 지금 거론 중인 음모론은 단편적인 관점에서만 바라볼 수는 없고 역사적이며 사회적인 복합성 안에서 개인, 그러니까 이번 같은 경우에는 당사자인 슈미슈미한테 적합한 잣대로 바라봐야 한다는 거예요."

"아…," 슈미슈미가 말했다. "에…."

"아니면 슬라보예 지젝의 예를 들 수도 있고." 캥거루가 말을 이었다. "내 생각에 음모론이라는 건 라캉이 주장한 상상계 속의 오브제 A나, 니체가 주장한 어떤 신적인 인형사를 향한 믿음일 수도 있어요. 이해되시는지?"

"예." 슈미슈미가 대답했다. "그쪽일 거라고 짐작은 했소."

"당연히 그러셨겠지!" 캥거루가 미소 지으며 말했다. "슈미슈미 같은 분이라면 그 정도는 눈치챘을 거라 생각했고…, 마지막으로 하나 말해두고 싶은 건, 수많은 음모론 중 일부는 단지 누군가를 비방하기 위해 거짓으로 창작되었다는 사실이죠. 시온 장로 의정서라고 들어는 보셨는지? 시온 장로단의 비밀 요원들은 차르였던 니콜라우스 2세를 혼란에 빠뜨렸던 자들인데, 이들이 큰 도시를 폭파하기 위해 각 대도시마다 지하철 뚫게 한 건 아시는지?"

"그럼 음모론은 모두 거짓이란 말인가요?"

"글쎄요." 캥거루가 말했다. "누가 알겠느냐마는…, 빌데르베르크 회합[5]을 함 생각해 보세요. 매년 세계 상위 100여 명이 모이는데, 우리 중 어느 누구도 그들이 누구인지, 왜 모이는지조차 모르고 있으니 말이죠. 이자들이 삼삼오오 모여 앉아 포커라도 칠 거라고 생각하시는지?"

5 전세계의 정계, 재계, 왕실 관계자 약 100-150명이 모여 비밀리에 정책을 결정한다고 알려진 모임. (옮긴이)

"난 잘 모르겠소."

"그걸 알아내야 하는 거예요, 슈미슈미!" 캥거루가 벌떡 일어서며 외쳤다. "그걸 알아내야 해요!"

그러고는 문을 열고 슈미슈미를 살짝 밀쳐낸 다음 문을 닫았다. 그가 사라지자 캥거루는 경련을 일으키며 바닥을 굴렀다. 주먹으로 벽을 두드리고, 사지를 다 버둥거리며 바닥을 굴러다녔다. "치, 치매 환자아아아!! 크하하핳하핳"

때가 이르렀도다!

캥거루는 슬로베니아 어로 쓰인 낡은 책[1]을 읽다가, 갑자기 책을 탁 내려놓았다.

"너희는 더 이상 즐기지 말지니!" 캥거루가 외쳤다. "그 대신 잉여적인 즐거움만 추구할지어다! 현재 즐길 수 있는 것보다 항상 더 즐기기를 원하기 때문에, 현재를 전혀 즐기지 못하는 바로 그것이 '인간의 본성'이라고 말하는구나! 흥미롭게도 실용 가치를 완전 하찮게 만들어 버리는 잉여적 즐거움을 향한 경제적 갈망이란 진정 인류의 본성에서 비롯된 것인가? 개인이 행복하기 위해 필요한 '즐거움'은 경제적, 사회적으로 전승되어 온 범례일 뿐인가? 만약 그렇다 한다면, 이를 개혁할 때가 아닌가?"

캥거루가 벌떡 일어서서 더 크게 외쳤다. "자, 때가 이르렀도다! 멍청한 당나귀가 노끈에 묶인 당근을 쫓아가듯 행하는 대신

---

1 아마도 슬라보예 지젝의 책을 의마하는 듯. (옮긴이)

푸른 초원의 풀을 즐길지니. 때가 이르렀도다! 비용 대비 효율이라는, 너희의 가장 사적인 사고력까지 지배하는 경제학 계산법에 대해서는 잊어버려야 한다. 이는 그대들이 옳다고 생각하는 것을 지키기 위함이니, 삶에서 얼마나 노력했는지 얼마나 효과적인지는 중요하지 않도다!"

"뭐라고?" 나는 캥거루를 바라보며 물었다. "다시 한 번 말해줘. 나 잠깐 딴 데 신경 쓰느라 못 들었어."

나는 입술을 젖히고 캥거루에게 이를 보여주며 말했다. "보여? 아까 먹은 닭고기가 이에 끼어 있는 것 같은데. 아, 짜증 나."

캥거루가 고개를 흔들었다.

"미안." 나는 다시 한 번 사과하고는 머리를 흔들어 사념을 몰아냈다. "뭐라고 했었어? 다시 좀 말해줘."

"아, 신경 쓸 필요 없어." 캥거루가 말했다. "넌 어차피 이해 못할 거야."

캥거루

"나 오늘 길 가다 지난번에 새로 이사 온 이웃 만났어! 내가 까딱 인사했는데, 그쪽은 씹고 지나가더라고." 화장실에서 나왔을 때 캥거루가 말했다.

"널 못 봤을 수도 있잖아." 나는 소파에 앉으며 말했다. 캥거루는 소파에 늘어져서 머리를 소파 아래로 향하도록 몸을 뒤집고는 물담배를 피웠다. 완전 서커스가 따로 없었다.

"처음부터 그랬지만," 캥거루가 말했다. "그 펭귄 녀석 완전 수상해."

캥거루가 다시 재생 버튼을 눌렀다. 캥거루는 지난번에 주워 온 RFT사 컬러룩스 모델에 AV 잭을 납땜질하는 데 성공했다. 그림이 뒤집혀서 나오긴 하지만, 인간이란 적응하는 동물이다. 나는 감자칩 봉지를 뜯었다.

"저거 봤어?" 캥거루가 어떤 장면을 가리키며 물었다. "저거야 말로 버드 스펜서 전용 액션이야. 머리를 열두 시 방향으로 딱!"

"스펜서 표 공 울리기 게임이라고 불리지." 내가 말했다.

"이 특수기술로는 어떤 적도 맥을 못 출 거야." 캥거루가 이렇게 말하며 섀도우 복싱을 해 보였다. "제아무리 테렌스 힐이라도 말야."

"응, 근데 테렌스 힐이라면 재빠르게 몸을 피한 다음 손에 잡히는 걸로 내리찍겠지! 의자 같은 거나…." 내가 말했다.

"의자라고?" 캥거루가 웃으며 제대로 앉았다. "의자로 버드 스펜서를 내리친다고 해도 꿈쩍도 안 할걸!"

"테렌스 힐이 하면 먹힐걸." 내가 말했다.

캥거루가 또 영화를 멈췄다.

"이번엔 또 뭐야?" 내가 물었다.

캥거루가 매우 철학적인 얼굴로 나를 바라보았다.

"이해가 안 가." 캥거루가 말했다.

"뭐가?"

"모든 게. 인간이라는 것들 다!"

나는 고개를 끄덕였다.

"어차피 인간이란 그런 존재야." 내가 말했다.

"다람쥐 쳇바퀴 굴리듯 그저 살아가지. 아니면 시곗바늘 돌아가듯이 말야. 똑딱똑딱! 물론 누군가의 삶 속에 들어가서 관찰을 하면, 그들의 목적도 계획도 없는 일상에도 어떤 의미가 있을 수 있겠지. 근데 한 발짝 물러서서 바라보면 그 모든 게 수수께끼 같단 말야…." 캥거루가 말했다.

"똑딱똑딱." 내가 말했다.

"인간들 틈에 어울려 산 지 꽤 되었음에도 불구하고 아직도 너희가 왜 그런 행동을 하는지, 아니, 그 행동이 도대체 뭔지 조차 모르겠어."

나는 캥거루의 말을 들으며 한 손으로 하던 요요를 빼서 양 손에 걸고 돌리는 걸 시도했다.

"수수께끼 같단 말이야…." 캥거루가 사색에 잠기며 말했다.

"이건 들은 얘긴데," 요요가 엉키지 않게 하려고 노력하면서 내가 입을 열었다. "1770년도에 유럽인으로서는 최초로 캥거루 를 직접 봤던 제임스 쿡 선장이 호주 원주민한테 저게 무슨 동 물이냐고 물었다지? 뭐, 당근 영어로 물어봤겠지. 암튼 원주민 이 캥거루라고 했대. 참고로 캥거루는 호주 원주민 말로 '네 말 뭔 소린지 못 알아먹겠다'는 뜻이라더군."

캥거루는 내 말을 주의 깊게 듣고 있었다.

"네 말 뭔 소린지 못 알아먹겠다." 캥거루가 중얼거렸다. "그 얘기 정말이야?"

"어디서 읽은 얘기야." 나는 어깨를 으쓱해 보였다.

캥거루가 갑자기 벌떡 일어나 부엌 창을 열더니 거리로 지나 가는 행인들에게 외쳤다. "캥거루!"

"캥거루!" 나도 외쳤다.

우리는 방 안을 뛰어다니며 외쳤다. "캥거루! 캥거루!" 침대 위 를 뛰어다니면서 외쳤다. "캥거루! 캥거루!" 캥거루는 창문을 열

때마다 "캥거루!" 하고 외쳤다. 사람들은 우리의 행동을 이해하지 못했지만, 내 생각에는 피차일반이다. 우리는 베란다를 껑충껑충 뛰며 외쳤다. "캥! 거! 루!!"

우리는 결국 지쳐서 바닥에 앉아 하늘 어딘가를 쏘아보았다. 알 수 없는 정적이 흘렀다.

"그 펭귄 녀석 계단에서 만났었어." 침묵을 깨며 나는 입을 열었다. "명함 하나 주더라."

나는 명함 한 장을 호주머니에서 꺼내 캥거루에게 보여주었다.

J. 모리아티

고객과 함께하는
코프로스트* 냉동식품

캥거루는 명함을 오랫동안 들여다보았다. "이 펭귄 놈, 물고기도 아니고 새도 아닌 것이 수상해." 캥거루의 눈빛이 다시 날카롭게 번뜩였다. "이놈의 정체가 뭔지 밝혀내고야 말겠어!"

"다 좋은데, 보던 영화는 좀 마저 보자." 내가 말했다.

도움 주신 분들께 감사드립니다 :
다니엘, 콜야, 마이크, 마리아, 로만, 세바스티안, 스벤, 토마스
그리고 버드 스펜서와 테렌스 힐.

"멋진 결말이네!" 캥거루가 말했다.

"응! 책은 잘 마무리된 것 같아. 너도 주인공으로서 마지막을 장식할 말 한 마디 정도는 해 보라구!"

"싫은데!"

캥거루의 맺는 말
21쇄에 부쳐

내 동거인이 나에 대하여 기록한 본 도서의 1쇄가 발행된 직후, 내용상의 몇 가지 모순점을 발견하게 되었다. 원래는 즉시 수정을 가할 계획이었지만, 다른 할 일이 있거나, 고치는 걸 잊어버리거나, 고치는 게 귀찮아져서 그냥 두다가 21쇄에 이르러 비로소 몇 가지를 개선했다.

그나저나, 평론가들이 주장하는 건 사실이 아니다. 나는 내가 본래보다 나은 모습으로 표현되도록 노력하지 않았다. 적어도 처음에는 안 그랬다. 앞서 여러 번 언급한 바와 같이, 무엇이 진실이다 아니다 따지는 건 짜증 나는 부르주아적 이분법일 뿐이다. 오늘날의 포스트 모더니즘 사회에서는 진실이냐 허구냐 보다는 웃긴가 안 웃긴가의 문제가 더 중요하게 여겨진다.

이러한 관점에서, 나는 본 도서를 다시 한 번 읽어 보았으며, 이때 이 책의 모든 내용이 있는 사실 그대로인지 또는 일부만 웃기지는 않은지 유심히 살펴보았다. 그 결과, 상당수가 웃겼

다. 이러한 맥락에서 나는 나의 친애하는 친구들에게 기쁜 마음
으로 이 책을 선사하는 바이다.

캥거루

어느건방진 캥거루에 관한 고찰

초판 1쇄 발행 | 2016년 3월 7일
지은이 | 마크 우베 클링
옮긴이 | 채민정
일러스트 | 안병현
펴낸곳 | 윌컴퍼니
펴낸이 | 김화수
출판등록 | 제300-2011-71호
주소 | (03174) 서울시 종로구 사직로8길 34, 1203호
전화 | 02-725-9597
팩스 | 02-725-0312
이메일 | willcompany@nate.com
ISBN | 979-11-85676-25-8 03850

* 잘못된 책은 구입하신 곳에서 바꿔드립니다.
* 책값은 뒤표지에 있습니다.

이 도서의 국립중앙도서관 출판예정도서목록(CIP)은 서지정보유통지원시스템 홈페이지 (http://seoji.nl.go.kr)와 국가자료공동목록시스템(http://www.nl.go.kr/kolisnet)에 서 이용하실 수 있습니다.(CIP제어번호: CIP2016003881)